J.M.Coetzee

MORAL TALES

モラルの話

●

J・M・クッツェー
くぼたのぞみ◎訳

人文書院

目次

モラルの話

犬

門の標識に「猛犬に注意《シアン・メシャン》」とあって、その犬はもちろん攻撃的《メシャン》だ。彼女が近くを通るたびに門に体当たりして、おまえに飛びかかって八つ裂きにしてやる、と欲望もあらわに吠えまくる。大きな犬、要注意の犬、ジャーマン・シェパードかロットワイラー、そんな種類の犬だ（犬の種類について彼女にはほとんど知識がない）。黄色い目から彼女が感じるのは、自分に向けられる混じり気のない憎悪である。

「猛犬に注意」とある家を背後にしてからようやく、その憎悪について思いをめぐらす。個人的なものではない、それは分かっている。門に近づく者が誰であっても、徒歩か自転車かに関係なく、誰もが憎悪を受ける側に立たされるのだ。でもその憎悪はどれくらい深いのか？　電流みたいなものなのか？　なにかが視界に入ってきたらスイッチが入り、視界から遠ざかればスイッチが切れるのか？　犬だけになったときも、憎悪の衝動は犬を激昂させつづけるのか、それとも急に怒りが静まって、また穏やかな状態に戻るのか？

仕事のある日に二度、彼女は自転車でその家の前を通る。職場である病院へ向かうときと、勤務が終わって帰るときだ。通りかかる時刻がいつも決まっているので、犬は彼女がやってくるのを心得ている。彼女の姿が視界に入る前から、門のところでハアハアとしきりに息をあらげている。その家は斜面に建っているため、朝は坂をゆっくり登ることになるが、夕方はありがたいことに猛スピードで通過できる。

犬の種類のことなどまったく分からないが、彼女はその犬が自分と出くわすことで得る満足感についてうまい説明を思いつく。あれは彼女を支配しているという満足感、怖がられているという満足感だ。

犬は雄で、彼女が見るかぎり未切除だ。犬には彼女が雌だと分かるのだろうか。犬の目に、犬のふたつのジェンダーに照らして、ひとりの人間がふたつのジェンダーの一方に属しているにちがいないと分かるのだろうか。それゆえ犬はいっときに二種類の満足を感じるのだろうか。つまり獣がほかの獣を支配する満足と、雄が雌を支配する満足を――彼女には見当もつかない。

どうして犬に分かるのだろう、彼女が無関心を装う仮面の下で犬を怖がっていると？　その答えは、彼女が恐怖の臭いを放っているからだ。そしてそれを隠せないからだ。彼女に向かって犬が突進してくるたびに、彼女の背筋にぞくっと悪寒が走って臭気の波動《パルス》が皮膚から立ちのぼる。すると犬はたちどころにその臭気を嗅ぎつける。門の向こうにいるものが発する、この恐怖のかすかなひと吹きが、犬を激情のエクスタシーへと駆り立てるのだ。

彼女は犬を恐れている、そして犬はそれを知っている。一日に二度、犬はそれを楽しみに待っている。自分を恐れている生き物が通りかかるのを、自分の恐怖心を隠しきれないやつを、売女《ビッチ》がセックスの臭いを発するみたいに恐怖の臭いを発するやつを。

彼女はアウグスティヌス[1]を読んだことがある。アウグスティヌスは、われわれが堕落した生き物であるもっとも明らかな証拠は、みずからの身体の運動を制御できない事実にあると言う。とりわけ男は自分の一物の動きを制御する能力がない。一物はまるでそれ自身の意志に憑依されたように動く《ビヘイヴ》。あるいは遊離した意志に憑依されたように動くのかもしれない。

彼女がアウグスティヌスのことを考えるのは、犬のいる家が建つ丘のふもとに着くころだ。今度こそ、自分を制御できるだろうか？　屈辱的な恐怖の臭いを出さないために必要な自制力をもてるだろうか？　怒りでも情欲でもありそうな唸り声が犬の喉元深くで聞こえるたびに、犬の身体が門にドサッとぶつかるのを感じるたびに、彼女は自分の答えを受け取る――今日は無理だ。

「猛犬に注意《シアン・メシャン》」を取り囲んでいるのは雑草しか生えていない庭だ。ある日、彼女は自転車

1　紀元五世紀のヒッポの神学者、哲学者、教父

から降りて、それを家の壁に立てかけ、ドアをノックしてじっと待つ。そうするあいだも数メートル先では、犬が後ろへさがってはフェンスに体当たりしている。午前八時、ふだんなら他人の家のドアをノックする時刻ではない。それでもようやく、かすかにドアが開く。薄暗い光のなかにかろうじて人の顔が見える。老女の顔だ、やせこけた身体にほつれた白髪。「おはようございます」と彼女はそこそこ上手なフランス語で言う。「ちょっとお話させていただけますか？」

ドアがさらに開く。なかに入るとそこは家具らしい家具もない部屋で、見ると赤いカーディガンを着た老人がテーブルにつき、その前にボウルが置かれている。彼女が挨拶する。老人はうなずくものの、立ちあがらない。

「こんなに朝早くお邪魔してもうしわけありません」と彼女が言う。「わたしは日に二度、お宅の前を通るんですが、そのたびに――おそらくお耳にとどいていると思いますが――お宅の犬がわたしに挨拶しようと待ち構えているんです」

沈黙が流れる。

「もう数カ月も、これが続いています。このままでは事態は変わらないのではないかと思いまして。お宅の犬にわたしを紹介していただくわけにはいきませんか？　犬がわたしに馴染めるように、わたしは敵ではないと、犬に危害を加えるつもりはないと、犬に伝わるようにしたいんです」

夫婦が顔を見合わせる。室内の空気はピクリとも動かない。まるで何年も窓を開けたことがないみたいだ。

「あれはいい犬ですよ」と女は言う。「アン・シアン・ドゥ・ガルドゥ――番犬です」

それで彼女は、紹介はなしか、その番犬《シアン・ドゥ・ガルドゥ》と馴染むこともないんだ、と理解する。ようするにこの女には、彼女を敵として待遇するほうが好都合なので、彼女は敵でありつづけるのだ。

「お宅の前を通りかかるたびに、犬が猛り狂った状態になるんです。きっと犬はわたしを憎むのが自分の仕事だと思っているのでしょう、でもわたしは犬に憎まれるなんてショックです。ショックですし、怖いんです。お宅の前を通りかかるたびに屈辱的な思いになります。こんなに怖い思いをするなんて屈辱的なんですよ。がまんできないんですから。恐怖を止められないんですから」

夫婦は冷たく彼女をにらみつける。

「ここは公道です。わたしには公道で恐怖に襲われたり、屈辱を受けたりしない権利があります。おふたりにはそんな事態を収拾できる力がありますよね」

「私たちの道路です」と女が言う。「あなたにここへきてくれと言った覚えはありません。

あなたは別の道を通ればいいのよ」

男が初めて口を開く。「あんたは誰だ？　なんの権利があってわれわれにああしろこうしろと言いにやってくる？」

彼女はそれに答えようとするが、男は興味を示さない。「出てけ」と彼は言う。「出てけ、出てけ、出ていけ！」

男が着ているウールのカーディガンの袖口がほつれている。彼女を追い払おうと男が手をふるたびに、そのほつれがボウルのコーヒーに浸かる。彼女はそれを男に言ってやろうかと思うが、やめておく。ひと言も言わずに家の外へ出る。背後でドアが閉まる。

犬がフェンスに体当たりしてくる。**いつか**、と犬が言う。**このフェンスは壊れるぞ。いつか**、と犬が言う、**おまえを八つ裂きにしてやるからな**。

できるだけ穏やかに、身体がぶるぶる震えても、その身体から恐怖のパルスがあたりに発散されるのが分かっても、彼女は犬に面と向かって、人間のことばを使って言い放つ。「おまえなんか、くたばっちまえっ！」。それから自転車に乗って、丘を登りはじめる。

二〇一七年

物語

やましさは感じない。そのことに彼女は驚く。まったく感じないのだ。

週に一度、ときには二度、街中の男のアパートへ行って服を脱ぎ、彼とセックスをする。服を着て、アパートを出て、学校まで車を走らせて、そこで自分の娘と隣人の娘を拾う。家へ向かう車のなかで、その日学校でなにがあったか娘たちの話に耳を傾ける。それから、娘たちがクッキーを食べ、テレビを見ているあいだに、彼女はシャワーを浴びて、髪を洗い、すっきりリフレッシュして、また新たな自分に戻る。やましさはない。軽くハミングしてしまうほど。

勢いよく流れ落ちる温水に顔を向けて、まぶたと唇にやわらかな飛沫《しぶき》があたるのを感じながら、わたしって、いったいどういう女？　と自問する。これほどやすやすと、こんな裏切りを、こんな不倫をやっちゃうなんて、わたしっていったい、どういう女なんだろう？

不倫——それは男が彼女のなかに初めて滑り込んできたとき、咄嗟《とっさ》に自分に向かって言ったことばだ。それ以前のことならどれも言い訳が立つかもしれない。キスも、服を脱がせるのも、愛撫も、じかに肌で触れ合うことも、あれやこれやことばを連ねれば逃げられるかもしれない。そういうことはすべて別の名前で呼ぶことができそうだ。たとえば、お遊び、不倫めいたお遊び、不倫という考えをもてあそぶのだってありだ。ちょっとすすったけど飲み込んでないから、まだ現実に起きてないから、みたいに。でも彼が彼女のなかに滑り込んできたとき、いとも簡単にそうなって嬉しかったけれど、もうなかったことにはできなくなって、現実に起きたことになった。それは現に起きていて、もう起きてしまったのだ。

いまではその都度、飲み込んでいる。自分の身体のなかに彼を飲み込むのが待ちきれない。いったい自分はどういう女？　と彼女は考える。その答えはこういうことらしい——おまえは率直すぎるほど率直な女だ。自分の欲しいものが（やっと！）分かったんだから。自分の欲しいものを手に入れて、満たされる。おまえはそれを欲しい欲しいと思っているけれど、それを手に入れたときは満たされる。だから、おまえは飽くことを知らないわけじゃない、飽くことを知らない女じゃない。

鏡よ鏡、壁の鏡、教えてちょうだい！

彼は家庭的な男ではないけれど、訪ねてくる彼女のために寿司を買っておいたりする。終わったあとで、時間があれば、いっしょにバルコニーに腰をおろして、下を走る車をながめながら寿司を食べる。

寿司ではなくてバクラヴァ[2]のこともある。寿司の日とバクラヴァの日のあいだに、これといった明確な関連があるわけではない。どの日にしても、どの訪問にしても、おなじように率直すぎるほど率直で、おなじように満たされる。

ときおり夫が夜通し、仕事で家をあけることがある。その自由を利用して彼女が男と夜をともにすることはない。彼女は、ふたりのあいだに起きることで、どこが限界か、どこを限界にしたいのか、うまい考えを思いつく。はっきり言って、男とのことが自分の家庭には侵入しないようにしたいのだ――彼女の結婚生活の場である家庭には。

ふたりのあいだのことにはまだ名前がない。それが終わったら、情事、と名前がつくのだろう。むかしね、ほかの人と浮気してたことがあるのよ、と彼女はコーヒーを前にして友達に告白するのだろう。誰にも言ったことはなくて、教えるのはあなたが初めて、だからここだけの話にしておいてね、約束して。情事は三カ月、六カ月、まあ三年ほど続いたかな。終わった話よ。あれは情事だったけど、びっくりするほどシンプルで、びっくりするほどステキで、あんまりステキだったのでくりかえす気になれなかった。だからあなたにこうして話せるのね。だって、それはわたしの過去の一部で、かつてのわたしの一部で、

2　ナッツ類を入れて焼きあげシロップをかけたペーストリ、中東やバルカン半島の菓子

いまのわたしを作ったものの一部だけれど、もうわたしの一部じゃないから。かつてわたしは不誠実だったけれど、それは全部終わったことなの。いまのわたしはまた誠実。いまのわたしは分裂してないから。

夫が仕事で出かけているとき、真夜中に彼女は電話する。「いまどこにいるの?」と彼女。夫は、ホテルの部屋にいると答える。「ひとり?」と彼女は訊く。もちろんひとりさ、と彼は答える。「証拠を見せて、わたしを愛してるって言って」と彼女。愛してるよ、と彼は言う。「もっと大きな声で、みんなに聞こえるように言って」と彼女が言う。愛してるよ、すごく愛してる、ぼくの人生に女はきみしかいない、と彼は言う。二度目もまた、彼はひとりだと言う。やきもち焼いてるのか、と訊く。「もちろんそうよ、そうでなきゃ、あなたがホテルの部屋で、ほかの女といっしょにいるんじゃないかと思って、眠れなくなったりしないわよ。そうでなきゃ、電話なんかしないわよ」

真っ赤な嘘だ。彼女は嫉妬などしていない。なんで嫉妬なんかする? 満たされているんだし、満たされた女は嫉妬にかられたりしないのだ。どうやらそういう法則らしい。

別の都市のホテルにいる夫に真夜中に電話する理由は、その瞬間に彼女が自分の家で、夫婦のベッドでほかの男を歓ばせたりしていないことを、夫にはっきり伝えるためだ。夫のほうは彼女を微塵も疑っていない。もともと、疑い深い男ではないのだ。それでも彼女は電話をかけてやきもちを焼いているふりをする。そんなことをするなんて狡い、むしろ倫理的な堕落だ。

彼女が逢っている男、彼が自分の家で、自分のベッドで彼女を歓ばせる男には名前がある。会っているとき彼女はその名を使う。ロバートだ。でもまた自分だけになると、彼をXと呼ぶ。Xと呼ぶのは、彼が謎めいているとかよく分からないからではなく、それがロバートとかリチャードといった名前を消し去る記号だからだ。上からXと貼れば、名前が消えるのだ。

彼女はXを憎んでいないし愛してもいないけれど、でも、彼が彼女を見つめるやり方を愛していて、彼の見つめ方が彼女におよぼす効果を愛している。彼女が彼のベッドで、彼の家であるアパートで裸になって横たわる、それを見つめる彼の目に浮かぶ、あの歓び、あの快楽、あの欲望、あの……。

もしもXが画家だったら、彼を口説いて彼のベッドに全裸《ヌード》で横たわる自分を描かせるのに。自分はそれにふさわしいヴェネツィアン・マスクをつけてもいい。ヌードとマスク、絵はそう呼ばれるだろう。そして、性的に強く求められる女の肉体とはどんなものか、誰もが目にできるよう、彼にその絵を展示させるのに。

もしXが本物の画家だったら、彼が絵を描くことで語ることになるのは、これほど強く求められるこの肉体を見つめよ、だ。もしもわたしがマスクをはずすことにしたら、それは、こんなに強く求められるひとりの女を見つめて、となる。

こんなに——どんな意味？　**こんなにって？**

もちろん彼は画家ではない。週に一度、あるいは二度、午後はオフにできる仕事に就いている。それがどんな仕事か、彼が話してくれたので知ってはいるけれど、そんなことはどうでもいい、だから彼女は忘れることにする。

彼が彼女の夫について、夫との関係についてたずねる。彼女は「夫に仕返しするために、あなたのことを利用してると思ってるの？」と言う。「それは大間違いよ。わたしは完璧に幸福な結婚生活を送っているから」

結婚生活に波風は立っていない。結婚してから十年、いや七年か、それは結婚をどう定義するかによる。無期限に、というか、とにかく自分が死ぬ日まで、結婚生活が続かないと考える理由はどこにもない。最近では夫のことを以前よりもっと気遣うようになっている。以前よりさっと反応するし、愛情あふれる接し方をしている。ふたりのあいだのセックスもこれまでとおなじようにいい、もっといいかも。

週に一度、ときには二度、ほかの男と逢っているから、ほかの男Xが彼女を欲情させてそれを満たしているから、夫とのセックスがこれまでとおなじようにいいのか、あるいはもしかしてもっといいのだろうか？　ほかの男Xは彼女にローベルト・ムージルの書いた物語[3]のことを語り、それを読むよう勧める。ほかの男と情事をしてから夫のもとへ戻り、以前よりもっと夫を愛するようになる女の物語だ。彼はまるでその物語が彼女を啓蒙するとでも言いたげだが、とんでもない間違いだ。彼女はその物語に出てくるセレステだかクラリスだか、そんな女とはまるでちがう。物語に出てくるクラリスは規範にそむくが、自分は規範にそむいてはいない。もっとはっきり言うと、物語に出てくるクラリスは規範にそむいたことをモラルの泥沼から救い出そうとする。救い出して名誉回復しようとする。ところが、街中を訪ねる午後に彼女がしていることには規範にそむくものなどまったくない。そむくものがないのは、それが彼女の結婚生活とは関係がないからだ。その午後に彼女がしていることは自由時間の範囲内で、ほんの一、二時間、結婚した女であるのをやめて自分自身になるだけなのだ。

　結婚した女が、意識的な決断をした結果、結婚した女であることを短時間やめて、ただの自分になり、それが終わればまた結婚した女に戻ることはできるだろうか？　結婚した女でいるって、どういうこと？

3　『特性のない男』

彼女は結婚指輪をはめない。夫もはめない。最初に、七年か十年ほど前に、ふたりしてそう決めたのだ。結婚指輪は、結婚している女とただの女を識別する目に見える唯一の印だ。もし別の種類の印が、目に見えない印があるとしても、それがどんなものか、彼女には分からない。はっきり言って、自分の心のなかをのぞき込んでみても、そこに見えるのは自分が自分であることだけだ。

ローベルト・ムージルの物語のせいで、彼女は身構えながらXと向き合うことになる。物語のなかのクラリスが自分に嘘をついているのかどうか、どうもはっきりしない（その疑問にどう決着をつけたらいいのか分からないのだ）、それでも、その疑問がこのクラリスとの関連から生じるということは、つまり、その疑問が間違いなく彼女自身との関連から生じているということなのだ。既婚の女であることはなにを意味するか、そんな疑問はすべて彼女の不倫を正当化する彼女なりの方法なのだろうか？　そうは思わない。でもそれでいて、その疑問に決着をつける方法が彼女には分からない。

Xが彼女にその物語を読むよう言ったのは間違いだったと思う。彼から見れば間違いだ。だって以前は濁っていなかった水が泥水になってしまったんだから。それに彼女から見ても間違いだ。だって彼女のことをあの物語の女みたいだ（それとも、みたいではない）と思うなんて、Xに対する彼女の評価がさがってしまうじゃないか。大切なのは彼女がXを高く評価することなんだから。

相変わらず彼女に解せないのは、自分がやましさを感じないことだ。ときどき、夫の腕のなかで「ふたりの男に愛されているわたしがどんなに恵まれてると思っているか、あなたには分からないでしょ。感謝の気持ちで胸がいっぱいなの」と言いたくなる。でも彼女は、抜け目なく、そんな衝動に身を任せたりはしない。抜け目なく口を閉じて、気持ちを、現在進行中のふたりの行為から、自分と自分が愛する夫との行為から、快楽の最後の一滴をしぼりとることに集中する。

「なんでいつもにこにこしてるの?」と車のなかで娘がたずねる。その日、家に向かって走る車内は娘とふたりきりだ。近所の子供が病気で学校を休んだせいだ。

「にこにこしてるのは、あなたといっしょにいるのがとってもステキだからよ」

「でも、いっつもにこにこしてるじゃない」と子供は言う。「家にいるときだって」

「わたしが微笑んでいるのは人生がとってもステキだからよ。なにもかも完璧だから」

なにもかも完璧。夫がいて愛人もいる、これが完璧ということか? これが天国で期待できることなのか? 重婚、何重もの重婚、万人が万人とする重婚が?

じつは、彼女は自分のモラルからすれば、かなり保守的な人間なのだ。これが終わったら、いずれひとつの情事としてしまい込まれる運命にあるこれが終わったら、また次があるとは思えない。友達から聞いた情事には、こっそり打ち明けられた情事には、めったに幸運なものはなかったらしい。自分の場合は最初の幸運な情事だけでなく次々と幸運な情事が続くと思ったら、とんでもなく向こう見ずなことになってしまいそう。だから、三カ月後か三年後か、とにかくそれが終わりを告げたら、彼女は結婚している女に、常時、夜も昼も結婚している女に戻っていくのだろう。暑い夏の日、ベッドに大の字になって寝そべり、ひとりの男に貪るように見つめられた記憶を胸に秘めながら。男のほうは、たとえ彼がきみを絵に描けなくても、心に書き込まれたこの美しい裸体のイメージを、生涯にわたってずっと抱いていくつもりなのに。

二〇一四年

虚栄

母親の誕生日だ。六十五歳だから、当然大がかりなものになる。そろって母親のアパートに到着する。妹と、妻と、そして彼、ふたりの孫たちと誕生日の贈り物もあれこれ、というわけで小型車はぎゅう詰めだ。

エレベーターに乗って最上階まであがり、ドアベルを鳴らす。ドアを開けるのは本人、というか一応、開けるのはひとりの女だが、見るからに得体の知れない感じで、とても母親とは思えない。「おや、みなさん、いらっしゃい」とこの見知らぬ、というか半分見知らぬ女が言う。「そんなところに突っ立ってないで、なかに入って!」

全員がアパートのなかに入るまでには、なにがどう変わったのか彼にも見当がついてくる。髪を染めたのだ。この女は、彼の母親は、彼が記憶するかぎり髪は思いきり短くしていたのに、四十代から白髪が目立ちはじめていたその髪がいまではブロンドになっている。おまけにそのブロンドの髪をじつにエレガントにカットして、ひと房だけ茶目っ気たっぷりに右目の上に垂らしている。それにメイク! メイクなどしたことがなかった母親が、するとしてもごくわずかで、彼のように観察力の鈍い男にはまったく判別できないほどだった母親が、眉毛を濃く引いて、唇には珊瑚色《コーラル》とおぼしきリップまで塗っている。

孫たちは、つまり彼の子供たちは、子供だから自分の感情を顔に出さない術を身につけていないので、遠慮会釈なく感じたままに反応する。「おばあちゃん、どうしちゃったの?」と言うのは年長のエミリーだ。「なんかヘンテコだよ!」

「おばあちゃんにキスしてくれないの?」と彼の母親は言う。そこに哀れをさそう調子はなく、傷ついたようすもない。彼はこういうときに動じない母親に慣れている。そのかたくなさは絶対に失われることがなかった。「ヘンテコってことはないでしょ。自分じゃ前よりステキに見えると思ってるの、ほかの人だってそう思ってるわよ。あなたもすぐに慣れるから。とにかく、お祝いしてるのはわたしの誕生日で、あなたのじゃないの。あなたの誕生日もじきにやってくる。みんな年に一度、それぞれ順番に迎えるのよ、生きてるかぎり。誕生日ってのはそういうもの」

こんなふうに子供たちが彼女の姿に尻込みするのはもちろん無作法なことだ。それでもほっとしたのは、それで彼女のこの徴候が誰の目にも明らかになって、そこから細かく観察することができるようになったことだ。

彼女がみんなのためにお茶を淹れてケーキを出す。ケーキの上の六本半のろうそくは六十五年の歳月を意味している。彼女が小さな男の子に、ろうそくを吹き消してちょうだいと言うと、男の子はそうする。

「その新しいスタイル、すごくいいと思う」と口を切るのは妹のヘレンだ。「ほら。わたし、言ってきたじゃない。心機一転には全面的に賛成だわ。あなたはどう思う、ジョン？」

彼は、ジョンは、もう子供ではないので、ということは自分の感情を顔に出さない術を身につけているので、同意する。「誕生日にやることとしては百パーセント正解だな。心機一転。新たな一ページだよね」

「ありがとう」と母親。「もちろん、本心じゃないのは分かってるけど。でも、そう言ってくれるのは嬉しいわ。これがどういう意味なのか、そろそろあなたも知りたいかしら」

どういう意味かなんて、別に彼は知りたくはない。それだけで十分に人を驚かせているのに、新しいスタイルに、ことさら意味をつける必要などないのだ。でもなにも言わない。

「ずっとこのままってことではないの」と母親は言う。「安心して、短期間しかもたないから。そのうち、季節《とき》が移れば、いつものわたしに戻る。でもわたしはもう一度見つめられたい。この人生でもう一度か二度、ひとりの女が見つめられるように見つめられたい。それだけ。ただの見た目。他意はないの。その経験をせずに立ち去りたくない」

ちらり。彼は妹に目くばせする、ちらり一瞥、彼らだけの内々の視線、男と女ではなく兄と妹が内々にかわす視線、その背後には長い共謀の歴史が共有されている。

「がっかりするかもしれないって自分では思わない？」とヘレンが言う。「人目を惹かないってことじゃなくて、惹いた人目が自分の意に反するものかもしれないって」

「どういう意味？」と母親が言う。「まあ、あなたの言うことは分かってるつもりだけど、でもはっきり言ってみて」

ヘレンは押し黙る。

「おぞましく見えるって言いたいの？」と母親が言う。「死人がダンスパーティに行くためドレスアップしたように見えるって？　これ、やりすぎだと思う？」母親はブロンドの髪の房を片側へはじいてみせる。

「すごくすてきよ」と言うヘレンは怖気《おじけ》づいている。

彼の妻は終始だんまりを決め込んでいる。でも帰りの車のなかで、ついに本音をもらす。「お義母さん、あのままだと傷つくことになるわね。誰かが口出ししなければ傷つくことになって、その責任は私たちに降りかかってくる。だって私たちがみすみす放っておくんだから」

「みすみす放っておくって、なにを？」とヘレン。

「分かってるでしょ。お義母さん、自分をコントロールできてないじゃない」と彼の妻が言う。

というわけで母親を擁護する役が彼にまわってくる。「自分をコントロールできていないわけじゃないさ。あの人は徹頭徹尾、理性的な人だ。なにかが強烈に欲しくて、それを手に入れるために必要なことを、あたりかまわずやるってのが非理性的なことかな？」

「なにが欲しいの？」と娘のエミリーがバックシートから言う。

「おばあちゃんが言ったことを聞いたよね」と彼が言う。「おばあちゃんはむかし経験したことを、もっと若かったころの経験をもう一度してみたいんだな。それだけさ」

「どんな経験？」

「聞いてただろ。見つめられたいんだ、ほれぼれと見惚れるような目で」

「それで、どうして傷つくことになるの？」

「きみのお母さんは比喩を使って話していたのさ。ノーマ、どういう意味かぼくたちに教えてくれないか」

「彼女ががっかりするってことよ」とノーマが、彼の妻が、その子の母親が言う。「自分が望むような視線を受けることにはならない。それとは別の視線を受けることになるから」

「別のって、どんな？」

ノーマは口をきゅっと結んだままだ。

「どういう視線なの、ママ？」

「人がね……その場にふさわしくないときに受ける、そんな視線かな。その場にふさわしくない服を着てるときとか。どこであれその場にふさわしくない年齢なのに、ふさわしいふりをしているときとか」

「その場にふさわしくないってなに？」

沈黙が流れる。

「その場にふさわしくないってのは、変わってるってことさ」と彼。「人がびっくりするような変わった行動をするとき、その場にふさわしくないって言う人がいるものなんだ」

「わたしが言ってるのはそういう意味じゃなくて」とノーマ。「その場にふさわしくないというのは、変わってる、よりもっと強いニュアンスがある。その場にふさわしくないってのはふつうじゃないってことよ。歳をとって頭がおかしくなりはじめるとそうなるの」

「六十五歳は年寄りじゃないよ」と彼は反論する。「七十歳だって年寄りじゃない。いまじゃ八十歳だって年寄りじゃない」

「あなたの母親はいつだって自分の世界で、現実離れした世界で生きてきた。それはあなたも十分に分かってるわね。もっと若いときは問題がなかった。でもいまはその現実離れが、リアルな現実離れが、彼女に追いつきはじめた。彼女はまるで本から出てきた人物みたいにふるまって《ビヘイヴ》いる」

「本のなかの人たちってどうふるまうの？」

「彼女のふるまいはチェーホフの作品に出てくる誰かみたい。若かったころの自分を取り戻そうとして傷つく。屈辱を受ける」

彼もチェーホフは読んでいたが、白髪を染めて、ある視線を求めて、ひたすら「ある視線《アン・セルタン・ルガール》」を求めて外出して、傷つき、屈辱を受ける女が出てくる物語は思い出せない。

「もう少し詳しく、そのチェーホフに出てくる女ってのを教えてくれないかな。彼女は傷ついて、それからどうなるの？」

「雪のなかを帰宅すると、家はからっぽで、暖炉の火は消えている。彼女は鏡の前に立って、ウィッグをとる——チェーホフではウィッグなの——そして悲しくなる」

「それで？」

「それで終わり。彼女は悲しくなって物語は終わる。悲しいままで、永久に。苦い経験《レッスン》から学んだわけよ」

二〇一六年

ひとりの女が歳をとると

彼女は何年かぶりに、ニースの娘を訪ねるところだ。息子も合州国からやってきて数日いっしょに過ごすことになっている。なにやら会議へ向かう途中らしい。気になるのはこの日程の重なりだ。どこか共謀くさいと彼女は勘ぐっている。あのふたり、なにか企んでるんじゃないか、母親に提案のようなものを持ちかけるつもりかも、子供たちが親に持ちかけるような提案を、母親がもう自力では暮らしていけないと子供たちが思うときに。**まったく頑固なんだから、**と言い合ったんじゃないのか、**まったく頑固で、強情で、自分の意に染まないことは絶対に嫌で、いっしょに策を練らないかぎり、あの頑固さにはとうてい太刀打ちできない**って？

　ふたりはもちろん彼女を愛している、でなければ彼女のために策を練ったりはしないだろう。それでも彼女は、古代ローマの貴族が毒杯を手渡されるのを待つような気分。内密のかぎりをつくした、この上なく同情的な言い方で、世のため人のため、ガタガタ言わずに杯を飲み干せ、と告げられるのを待つような、そんな気分だ。

　彼女の子供たちはいまも、これまでも、ずっと良い子で、世間並みに義務感も強い。それと同程度に彼女が良い母親で義務感も強かったかといえば、それはまた別の話だ。でもこの世では、われわれは必ずしも受けるに値するものを手にするとはかぎらないのだ。彼女の子供たちは、もしも同程度の見返りを望むのであれば、別の人生を、別の転生を待たねばならないだろう。

彼女の娘はニースでアート・ギャラリーを運営している。いまでは実際上はフランス人だ。彼女の息子は、アメリカ人の妻とアメリカ人の子供たちと暮らしているから、いずれ実際上はアメリカ人になるのだろう。ようするに、巣から飛び立って、遠くまで飛んだわけだ。事情をよく知らない人は、遠くまで飛んで母親から逃げたのだとさえ思うかもしれない。

どんな提案であれ、母親に持ち出さなければいけないとなると、きっと躊躇《ためらい》や葛藤に満ちたものになるだろう。一方で愛情と気遣いを、もう一方できっぱりとした冷酷さをもって、彼女の最期を看取りたいということなんだから。まあ、彼女としては葛藤に狼狽《うろた》えたりはしない。葛藤をネタに食べてきたのだ。ダブル・ミーニングがなければ、フィクションという芸術はどうなるの？　頭と尻尾だけで胴体のない人生なんていったいなんなの？

「歳をとってどきっとするのは」と彼女は息子に言う。「むかし、老人の口から出るのを聞いて自分は絶対に言うまいと思ったことばが、自分の口から飛び出してるって気づくことね。**世の中いったいどうなってるの**みたいな。たとえば、動詞のmayに過去形があるなんて、もう誰も気にかけないのかな、世の中いったいどうなってるの？　とか、人が通りを歩きながらピッツアを食べて、電話で話をするなんて、世の中いったいどうなってるの？　とかね」

彼にとってはニース初日、彼女にとっては三日目だ。それは良く晴れた暖かな六月で、そもそもイングランドから、暇をもてあました裕福な人たちをこの長く伸びた海岸へ呼びよせたのは、こんな日和だった。そしていま、見るがいい、こうして彼らはふたり連れ立って「イギリス人の遊歩道《プロムナード・デ・ザングレ》」をそぞろ歩くというわけだ。百年前にパラソルとカンカン帽のイギリス人が、トマス・ハーディの最新作[4]は嘆かわしい《ディプロアリング》、ボーア人[5]は嘆かわしい、と言いながらそぞろ歩いたように。

「嘆かわしく《ディプロア》思うって」と彼女は言う。「最近じゃあまり聞かないことばね。どんな意味であれ、嘆かわしく思うなんて誰も言わない、笑い者になりたいなら別だけど。禁止用語、

4　『日陰者ジュード』
5　南部アフリカへ入植したオランダ人に対してイギリス人が使った蔑称

禁止行為になっている。じゃあどうすればいい？　じっと押し込めておいて、嘆かわしいことは、むかし馴染みの人たちだけになってから、ああここならだいじょうぶって思ってからもらす？」

「ぼくには好きなだけ嘆かわしいって言っていいよ、お母さん」とジョンが、義務感の強い、良き息子が言う。「ぼくは共感をもってうなずくし、笑ったりしないさ。ピッツアのほかに、今日はなにを嘆かわしく思いたいの？」

「嘆かわしいのはピッツアじゃなくて、ピッツアはあれはあれで美味しいし問題はないの、問題は歩きながら、食べながら、話しながらを全部いっしょにやることで、あれじゃあまりに無作法だと思う」

「その通り、あれは無作法、少なくとも上品とは言えないな。ほかには？」

「それで十分。わたしが嘆かわしく思うことは、それ自体じゃ面白くもなんともない。興味深いのは、数年前に自分が絶対にやるまいと心に誓ったのに、それをいま自分がやっていることね。どうして屈したんだろ？　嘆かわしいのは世の中いったいどうなってるのってこと。歴史がたどる方向が嘆かわしい。心底それが嘆かわしいと思うわね。でも自分の心に耳を傾けると、なにが聞こえる？　わたしの母親が、ミニスカートは嘆かわしい、エレキギターは嘆かわしいと言っていたのが聞こえる。それで自分がむかついていたことを思い出す。そうね、お母さんと答えて、歯ぎしりしながら、早く黙ってくれないかと心のなかで思ったものよ。だから……」

「だからあなたも考えるわけか、ぼくがいま歯ぎしりしながら、あなたが早く黙ってくれないかと心中で思ってるって」

「そう」

「はずれだ。世の中いったいどうなってるって嘆かわしく思うのは、まったくその通りだと思うよ。ぼくもそう思う、内心じゃね」

「でも、ディテールなの、ジョン、細部なのよ！　わたしが嘆いているのは歴史の大きな流れだけじゃなくて、細部。つまり行儀の悪さ、文法の間違い、下品さ！　腹が立つのはそういう細部で、わたしを絶望的な思いに駆り立てるのは、腹が立つそういう細部なの。まったく取るに足らないことなのに！　理解できる？　もちろんあなたには理解できないでしょ。わたしがそんなつもりではないのに自分を笑い者にしてると思ってるでしょ。すべて本気よ！　すべて本気だって、理解できる？」

「もちろん理解できるさ。あなたはきわめて明晰に自分を表現してるから」

「いや、してない！　していない！　わたしはことばで自分を表現してはいるけど、いまではみんな、ことばなんかうんざりしてるもの。本気なんだと証明するために唯一残された方法は、自分を消すことよ。自刃《じじん》する。頭を撃ち抜く。でも、こんなこと言うとすぐに、にやりとしたいのをあなたは隠さなくちゃいけなくなる。分かってる。だってわたしは本気じゃない、本気の本気じゃないものね――本気になるには歳をとりすぎたわ。二十歳で自殺すればそれは悲劇的な死。四十歳で自殺すれば時代への痛烈な批判。でも七十歳で自殺したら、人は「気の毒に、きっと彼女はガンだったんだ」と言う」

「でも、あなたはこれまで人がどう言おうと、気にしたことなどなかったじゃないか」

「人がどう言おうとこれまで気にしなかったのは、ずっと未来を信じてきたからよ。歴史がわたしの主張の正当性を証明するだろうって、そう自分に言い聞かせてきたから。でも、歴史への信頼が怪しくなってきた、今日び歴史の成り行きを見るにつけ――真実を見つけ出すその力がもう信頼できなくなってる」

「じゃあ、今日び歴史の成り行きはどうなってるのさ、お母さん？　それについてあなたが語る前に、言わせてもらうと、あなたはまたしても巧みに操って、ぼくを真っ正直な人間、真っ正直な少年の立場に置こうとしてるよ、ぼくがあまり好きじゃない立場に」

「ごめんなさい、ごめんなさい。独りで暮らしてるせいだわ。たいがい、こういう対話を頭のなかでやらなければいけないから。いっしょに対話のできる相手がいて、とてもほっとしてるのよ」

「話を聞かせる相手だろ。対話の相手じゃなくて。聞かせる相手だ」

「対話相手と話ができる」

「対話相手に、だね」

「対話相手に話ができる。ごめんなさい。もう終わりにする。ノーマはどう？」

「ノーマは元気だよ。よろしくって。子供たちも元気だ。歴史はどうなったの？」

「歴史はその声を失ったのよ。歴史の女神クレイオー[6]は、むかしはその竪琴《たてごと》を爪弾いて偉大なる男たちの仕業を歌ったものだけれど、いまでは衰弱しきって、軽薄な、老いた女のなかでももっとも愚かしき者になりはててしまった。少なくともあるときはそう思ったり。そう思わないときは、クレイオーは悪党集団に囚われて、拷問されて、心にもないことを無理やり言わされてるのだと思ったり。歴史についてわたしが抱く暗澹《あんたん》たる思いを言いつくすことはとてもできない。それが強迫観念になってしまった」

「強迫観念か。ということはそれについて書いてるの？」

「いいえ、書いてはいない。歴史について書けるとしたら、いまごろはそれをマスターしようとしてるでしょうね。ダメ、わたしにできるのは腹を立てて嘆かわしいと思うことく

6　ギリシア神話に出てくる九人の女神ムーサ（ミューズ）のひとり

らい。おまけに自分のことさえ嘆かわしいし。わたしは常套句《クリシェ》の沼地にはまってしまった。それにもう、歴史がそのクリシェを揺るがす力をもてるようになるとは思ってない」

「どんなクリシェさ?」

「山積みのLPレコードみたいなクリシェよ、LPレコードはレコード・プレイヤーとその針が消えたときに意味を失ってしまった。あちこちからわたしのところへ聞こえてくる反響は、荒涼《ブリーク》としているってことばよ。**世界に対する彼女のメッセージは弛《たゆ》むことなく荒涼としている**。**荒涼としている**って、なによ? この語は冬の風景をあらわすものなのに、なぜかわたしに貼りつけられて、キャンキャン吠えながらどこまでもついてくる小さな雑種犬みたいに、どうにも追い払えない。そいつにつきまとわれてる。墓までついてくる気よ。墓穴の縁に立ってのぞき込み、ブリーク、ブリーク、ブリーク! って吠えるつもりなんだ!

「もしあなたがブリークな人じゃないなら、いったい誰なの、お母さん?」

「わたしが誰かは分かってるじゃないの、ジョン」

「もちろん分かってるけど。でもさ、言ってみて。ことばで」

「かつては声をあげて笑ったけれど、もう笑わない者。わたしは叫ぶ者よ[7]」

娘のヘレンは旧市街でアート・ギャラリーを運営している。ギャラリーは順風満帆、とみんな口をそろえて言う。所有者はヘレンではなくふたりのスイス人で、彼女は雇われている。スイス人は年に二度、隠れ住むベルンの巣から降りてきて、銀行口座をチェックして収益をポケットに入れる。

ヘレンは、いや、エレーヌはジョンより若いのに老けて見える。学生のころから中年の雰囲気を漂わせていた。細身のスカートにまるい眼鏡をかけて、ひっつめ髪。フランス人なら場所をあけて敬意さえ表するタイプ、地味で、独身主義のインテリだ。これがイングランドとなると即座に図書館司書と決めつけられて、変人あつかいされるだろう。

実のところヘレンが独身主義だと考える根拠があるわけではない。ヘレンは私生活についてなにも言わないが、ジョンの話では、もう何年も付き合っている人がいるらしい。リヨン出身のビジネスマンが週末に彼女を連れ出すのだという。ひょっとしたら人知れず、週末に遠くで花開くのかもしれない。

子供のセックスライフについて推測でものを言うのは上品なことではない。そうは言っても、自分の人生を芸術のために捧げる者が、たとえ絵画の販売にすぎないにしても、密やかな炎をうちに秘めていないなんて信じられない。

覚悟していたのは共同で襲撃してくることだった。つまりヘレンとジョンが彼女に、そこに座って、と言ってから、救いの手を差し伸べるべく考え出した計画案を持ち出すものと思っていたのだ。ところが、いっしょに過ごす最初の夜は完璧なほど楽しく過ぎていく。懸案事項が切り出されるのはその翌日、ヘレンの車のなかでだ。ふたりして北のバッス＝アルプをめざして車を走らせながら、ヘレンが選んでおいたランチスポットへ向かう途中、あとに居残ったジョンは会議で発表する文章に手を入れているころだ。

「お母さんがここに住むってのはどうかしら？」やぶからぼうにヘレンが言う。

「この山のなかに？」

「まさか、フランスに。ニースに。わたしの住んでるアパルトマンの建物に十月になると空室が出るの。あなたが買ってもいいし、私たちで買うこともできる。一階よ」

「いっしょに住もうっていうの？　あなたとわたしで？　それはまた、ずいぶん急な話じゃない。本気で言ってるの？」

「いっしょには住まない。あなたはあなたで完璧に独立した暮らしをする。でも、いざというときそばに頼りにできる人間がいる」

「それはお世話さま、でもメルボルンには高齢者と彼らのちょっとした緊急時に対応する訓練を受けた、非の打ちどころなく善良な人たちがいますから」

「お願い、お母さん、茶化さないで。あなたはもう七十二歳よ。心臓にも問題ありなんだし。ずっと自分で自分のことができるわけじゃないでしょ。もしも――」

「もうたくさんです。わたしに負けず劣らず不愉快な婉曲表現を見つけるものね。わたしが腰の骨を折るかもしれないし、認知症になるかもしれない。だらだらと何年も寝たきりになるかもしれない。私たちが話しているのはそういうことでしょ。なるほどその可能性は大いにあるにしろ、わたしにとって問題は、なぜわたしの世話をするという大仕事を娘に押しつけなければいけないかであり、そしてあなたにとっての問題は、察するに、一度くらいは真心からわたしにケアなり保護なりを申し出ないまま、良心に恥じることなく生きていけるかってことかな？　公平に言えたかしら、私たちの問題を、私たちふたりに関わる問題を？」

「ええ。わたしの申し出は真心からよ。実行可能でもあるし。ジョンと話し合ったの」

「それじゃ、声高に口論してこの美しい日を台無しにするのはやめましょう。あなたは申し出を口にしたし、わたしはそれを聞いたから考えてみると約束します。そういうことにしましょう。わたしが受け入れることは、いまではあなたにもおよそ推測がつくでしょうが、まずなさそう。わたしの考えはまったく別の方角へ走っていこうとする。老人のほうが若人よりうまくやれることがひとつあるの、もう廃《すた》れつつあるけれど。老人が本分とすべきは（なんて古風な言い方！）良い死に方をすること、あとに続く者に良い死に方とはこういうものだと示すことよ。わたしの考えが向かうのはそっちの方角ね。良い死に方をすることにわたしは全力を注ぎたい」

「ニースでもメルボルンとおなじように良い死に方はできるじゃない」

「でもそれは本当じゃない、ヘレン。よく考えてみて、よく考えれば本当じゃないって分かるから。わたしが良い死とはどういう意味で言ってるか、たずねてみてよ」

「良い死ってどういう意味なの、お母さん？」

「良い死というのは、それが遠くで起きることよ。そこで死にともなう残留物が見知らぬ者によって、死をビジネスにする人たちによって処理される。良い死というのは電報で知らされるもの——**遺憾ながらお知らせいたしますが**、云々。電報が時代遅れになってしまったのは本当に残念だわ」

ヘレンがひどく怒ったようすで鼻を鳴らす。ふたりは黙ってドライヴを続ける。ニースははるか遠くになり、がらんとした道路を通って長い谷間へ降りていく。夏とは名ばかりで空気は冷たい。まるで陽の光がこの谷底まで差し込んだことがないかのよう。彼女はぶるっと身震いして窓を閉める。寓話のなかに入っていくようだ！

「ひとりで死ぬなんて正しくない」ついにヘレンが言う。「手をとる人がいないままなんて。それって反社会的。非人間的。愛がない。こんな言い方してごめんなさい、でもそうだと思う。わたしにあなたの手を取らせてほしい。そばにいさせて」

ふたりの子供のうち、ヘレンはいつだってもっと控えめで、母親とはもっと距離を置く子だった。こんなふうに話すことは一度もなかった。たぶん車のせいで話がしやすいのだ。運転者は話しかける相手をまっすぐ見ずにすむから。車のそういうところを念頭に置いているにちがいない。

「それはそれはご親切に」と彼女は言う。喉から出てくる声がことのほか小さい。「忘れないでおきましょう。でも、こんなに長い歳月が経ってから、死ぬためにフランスに戻ってくるって変じゃない？　国境で旅行目的をたずねる係員になんて言おうかしら？　仕事で？　遊びで？　あるいは、運悪く、どれくらい滞在するのかって訊かれたら、**永遠に？　最期まで？　ごくごく短期です**って言う？」

「家族みんなが集まる《レユニール・ラ・ファミーユ》ためって言えばいい。それで係員は理解するわよ。家族が集まるため。日常茶飯事なんだから。それ以上質問しないって」

ふたりはレ・ドゥ・ゼルミト[8]という名のオーベルジュ[9]で食事をする。この名前にはいわく因縁がありそうだが、できることなら聞かずにおきたい。もしもそれが良い話なら、たぶん、どんなものであれでっちあげだ。風が吹いている。身を切るように冷たい。ふたりは風除けガラスの陰に座って、雪をいただく山頂をながめる。まだシーズンは始まったばかり。そのせいか客は彼女たちと、ほかにテーブルがふたつ埋まっているだけだ。

「きれいね？　そう、もちろんきれいですよ。きれいな国、美しい国、言うまでもないけれど。美しきフランス《ラ・ベル・フランス》。でも忘れないで、ヘレン、わたしはこれまで本当に幸運だった、とても特権的な職業に就けて。これまでの人生では、たいがい思い通りに動きまわれたし。そうすると決めたときは、美しきものの膝元で暮らしてきた。いま自分に問う疑問はね、それが、この美しさのすべてが、どんな良きことをわたしにしたのか？　美しさとは、ワインのように消費されるものにすぎないのか？　それを飲んで、飲みくだせば、いっときの、快い、くらくらする感覚をあたえてはくれるけれど、でも、それがあとに残すものとは？　ワインの残留物って、ごめんなさいこんな言い方をして、でもそれはオシッコよ。美しきものの残留物とは？　その良いところとは？　美しさが私たちを良い人間にする？」

「そう、そこが問題よね。美しさとともに生きることが私たちを良くするか？　あなたがそれに答える前に、お母さん、わたしの答えを言いましょうか？　だって、あなたがなんて言うか、わたしには分かってると思うから。あなたがこれまでに経験した美しいものはどれも、あなたが知るかぎりあなたを良くすることはなかったし、近いうちに天国の門に立つことになるのに、自分の手はからっぽで、頭上には大きな疑問符がついたままだって、そう言うんでしょ。それこそがあなたらしさ、エリザベス・コステロそのものよ、そう言うところが。そう信じてるところが。

あなたが出そうと**しない**答えは——だってそう答えるとエリザベス・コステロらしくなくなるものね——作家としてあなたが書いてきたものには美しさがあるだけではなくて——美しさなのは認めるし、それは詩ではないけど、でもそれも美しさであり、均衡の取れた美しさ、明晰さ、簡潔さであって——それが同時にほかの人たちの人生を変えてもきたってこと。彼らを良い人間に、ほんの少しだけ良い人間にしてきたの。わたしだけじゃないわよ、そう言うのは。ほかの人たちも、知らない人たちも、そう言ってます。このわたしに、面と向かって。それはあなたの書くものがレッスンを含んでいるからではなくて、レッスン**である**からよ」

8 「ふたりの隠遁者」の意
9 レストランつきの宿泊所

「ミズスマシみたいってこと？」

「なにそれ？　ミズスマシって？」

「ミズスマシ、長い脚をした羽虫、昆虫よ。ミズスマシは自分では食べ物を探しているだけだと考えているけれど、でもその動きが池の水面で何度もくりかえしなぞっているのは、じつは、ことばのなかでもっとも超越的な美しさをもつもの、神の名だと。紙上のペンの動きが神の名をなぞっているというふうに、離れたところから観察する者には見えるかもしれないけれど、でもわたしには無理」

「そうね、そうかもしれない。でももっとあるでしょ。あなたは人に感じ方を教えている。優美さのもつ力で。ペンが思考の動きを追いかけるときの優美さで」

それは彼女にはどこか古風に聞こえた。自分の娘が論じるこの美学理論はどこかアリストテレス的だ。ヘレンはこれを自分で考え出したのか、それともどこかで読みかじったのか？　絵画の技法にそれをあてはめるとどうなる？　もしもペンのリズムが思考のリズムだとしたら、絵筆のリズムとはなに？　それに、スプレー缶で描く絵はどう？　そういう絵が私たちに、どんなふうに良い人間になれと教えるっていうの？

彼女は溜息をつく。「優しいのね、ヘレン、そんなふうに言うなんて、わたしを力づけてくれるなんて。人生はやはり無駄じゃないってことだわね。もちろん、納得したわけじゃないけど。あなたが言うように、わたしが納得したらわたしじゃなくなるから。でも、それは慰めにはならない。ご覧のとおり、わたしはハッピーな気分じゃない。いまの気分は、なんだかこれまでの人生は最初から最後まで勘違いだったんじゃないかって感じ、おまけに、とりわけ面白い生き方でもなかったし。もしも人が良い人間になりたいと本心から思うなら、そこへいたるために、何千ページも黒々と散文で埋めるようなまわりくどい道ではない方法があるんじゃないかって、いまはそんなふうに思うもの」

「たとえばどんな?」

「ヘレン、これは面白い会話じゃないわ。心が憂鬱なときは面白い考えは浮かんでこない」

「じゃあ、話はおしまいにする?」

「ええ、話はおしまい。代わりにものすごく時代遅れのことをしよう。黙って座って郭公《かっこう》の鳴き声に耳を澄ます」

というのも本当に郭公がレストランの後ろの雑木林で鳴いているのだ。ほんの少し窓を開けると、鳴き声は風にのってさらに明瞭に聞こえる。高低二音の鳴き声が、何度も、何度もくりかえされる。匂わせる、《レダラント》かと彼女は考える、キーツを思わせる語だ、サマータイムと夏の安楽を匂わせる。意地の悪い鳥だが、歌はうまい、すばらしい聖職者! ククー、キュキュ、郭公の舌にかかると愚者も神の名か。[10] シンボルの世界。

彼らはいま、子供たちが子供ではなくなってから、ともにやったことがなかったことをしている。ヘレンのアパルトマンのバルコニーに腰をおろして、心地よい地中海の夜の暖気に包まれて、トランプ遊びに興じているのだ。三人ブリッジをする。かつて彼らがセヴンスと呼んだゲームで、ヘレン／エレーヌによれば、フランスではラミと呼ばれているそうだ。

夜はトランプをしようと言ったのはヘレンだ。最初は変な思いつき、わざとらしい、と思ったけれど、いったんゲームを始めてみると思いのほか楽しい。ヘレンの直感はすばらしい。直感力に優れたヘレンを疑うことはなかったのだ。

いま彼女が感心するのは、彼らがじつにあっけなく三十年前にトランプゲームに興じたときの性格に戻ってしまうことだ。たがいに避けるようになってから脱ぎ捨てたと思い込んでいた性格である。つまり、ヘレンは向こう見ずで分別がなく、ジョンはいささか気難しく、わずかに先が読める。彼女はと言えば人が驚くほどの負けず嫌いで、これは自分が血を分けた子供たちだと思っている。名もなきペリカンだって、必要とあらば、子供たちに食べさせるためにその胸を切り裂くんだと思っている。そのくせ、もしもそれが金を賭けるゲームだったら、彼女はほかでもないその腕いっぱいに、子供たちの金をかき集めているだろう。それは彼女のなにを物語っているか？　それは彼ら全員のなにを物語っているか？　性格は変えがたい、ほとほと手に負えない、ということか？　それともたんに、家族とは、幸せな家族とは、仮面をつけて演じるゲームのレパートリーによって維持されるということか？

「まだまだわたしのパワーは衰えを知らないようね」と、またしても勝利をおさめた彼女は言う。「ごめんなさい。困惑のきわみだわ」というのはもちろん嘘だ。彼女は困惑などしていない、これっぽっちも。勝ち誇っている。「興味深いのは、どのパワーが長きにわたり維持されて、どのパワーが衰えはじめるかよね」

彼女が維持するパワー、この瞬間に行使しているパワーは、可視化能力の一種だ。精神力など少しも使わずに、子供たちの手にあるカードが見えるのだ、それも一枚残らず。彼らの手のうちが見えてしまう、彼らの心のなかが読めてしまう。

10　この鳥はヨーロッパでは広く「間抜け」と結びつけられる。ここで「匂わせ」ているのは痴愚神のことか

「どのパワーが弱くなってきたって感じるの、お母さんは？」と、ためらいがちに息子がたずねる。

「弱くなってきたのは」と朗らかに彼女は答える。「欲望のパワーよ」毒を食らわば皿までだ。

「欲望にパワーがあるなんて、ぼくなら言わないな」とジョンは応じて、勇敢にそのバトンを拾いあげる。「それを言うなら強度だよ。ヴォルテージ。でもパワーとか馬力じゃない。欲望ってのは、山に登りたいと思わせるかもしれないが、頂上まで連れていってはくれない。現実世界ではね」

「なにが頂上へ連れていくの？」

「エネルギー。燃料。それに備えて蓄えたものさ」

「エネルギーか。わたしのエネルギー論を知りたい？　エネルギーに関するわたしの理論、それはね、私たちは歳をとると、肉体のあらゆる部分が劣化したり混乱に陥ったりして、それが細胞にまでおよぶ。古い細胞が、まだ健康であっても、秋の色に染まる。これは脳細胞にも起きる。つまり秋の色に染まるわけ。

春が前向きの季節であるように、秋は後ろ向きの季節なの。秋を迎えた脳が思いつく欲望は秋にふさわしい欲望で、幾重にも記憶に彩られたノスタルジックなものになる。もう夏の熱気はない。たとえその欲望が強烈であっても、その強度は複合的で、多面的で、未来より過去に向かうことが多い。そう、そこが核心ね、脳科学へのわたしの貢献です。どう思う?」

「ひとつの貢献、とぼくなら言うな」と如才ない息子が言う。「科学というより哲学への、哲学の思弁的部門への貢献だな。どうして自分が秋のような気分と言って、そこでやめておかないのさ?」

「だってそれがたんなる気分だったら変わるわけでしょ、気分というのは変わるのよ。太陽が昇ればわたしの気分はより晴れ晴れとしたものになる。でも、魂の条件というのがあって、それは気分よりも深い。たとえば泥土への郷愁《ノスタルジー・ドゥ・ラ・ブ》は気分ではなくて存在の状態ですよ。わたしが抱く疑問は、**ノスタルジー・ドゥ・ラ・ブ**の**ノスタルジー**とは精神に属するか、それとも脳に属するか? であり、脳に属する、がわたしの答え。脳の起源は形相という永遠の領域ではなくて、土に、泥に、原初の泥土にある、だから脳は動きが鈍くなるにつれて、そこへ還りたいと切望するわけ。細胞そのものから発生する物質的な切望ね。思考より深い死の道行きよ」

洗練された響きだ。まさにその通り、といったふうなおしゃべりの響き。頭がおかしくなったようには聞こえない。しかしそれは、ぺらぺらしゃべりながら彼女が考えていることではない。彼女は考えている**――いったい誰がこんなふうに子供たちに話をするの、二度と会えないかもしれない子供たちに？**　彼女はまたこうも考えている**――人生の秋を迎える女の頭に浮かびそうな考えだわ。わたしが目にするものはどれも、口にすることはどれも、後ろ向きの視線に染まっている。わたしに残されたものはなに？　わたしは叫ぶ者よ。**

「それが最近もっぱらあなたがやっていること？――脳科学が？」とヘレンが言う。「それについて書いてるの？」

　奇妙な質問だ、差し出がましい。ヘレンは彼女の仕事について決して話題にしないのに。両者のあいだで話題にするのはタブーではないにしろ、一線を越えているのは確かだ。

「いいえ」と彼女は言う。「まだフィクションだけにしてる、それを聞いてホッとしたでしょ。自分の意見を行商して歩くほどまだ落ちぶれてはいないわよ。『ジェントルウーマン、エリザベス・コステロの意見』[11]とかね」

「新しい長編？」

「長編じゃない。短編集よ。ひとつ聞きたい？」

「ええ。最後にお話をしてくれたのはずいぶんむかしだったから」

「いいでしょう。わたしの子供たちのためのベッドタイム・ストーリーね。むかしむかし、でもいまのこの時代よ、懐かしのってわけじゃなくて、あるところに知らない街へ旅をした男がいました。その街をXと呼びましょう、旅は仕事の面接のためでした。男は気持ちが落ち着かず、冒険してみるか、誰にも分かりはしないさ、という気分でホテルの部屋から、コールガールを呼んでくれと電話しました。女の子がやってきていっしょに過ごしました。その女の子とは思いきり自由に、妻とのときよりずっと奔放になりました。彼は、とある要求を彼女にしたのです。

翌日の面接はうまくいきました。その職に就くことが決まって、やがて物語のなかで、彼はそのXという街へ妻ともども引っ越しました。新しい職場で秘書か受付か電話係か、いっしょに働く同僚のなかに、その女の子がいるのがすぐに分かりました。彼の部屋へやってきた、あの女の子です。彼は彼女だと分かり、彼女は彼だと分かりました」

「それで?」

「それ以上は話せない」

「でもお話をひとつするって約束したじゃない。いましてくれたのはひとつのお話じゃなくて、その出だしにすぎない。続きを話してくれなくちゃ、約束をはたしたことにならないわ」

---

11 ローレンス・スターン『ジェントルマン、トリストラム・シャンディの生涯と意見』のもじり

「彼女が秘書である必要はないわね。男がXという街で仕事に就き、やがて妻といっしょに同僚の家へ招かれて、玄関で出迎えたその同僚の娘が、なんと、ホテルの部屋へやってきた女の子でした」

「続けて。次になにが起きるの?」

「場合によるかな。ひょっとしたらもうなにも起きない。あるいは頓挫して次はどうなるか分からない、そんな物語かもしれない」

「ナンセンス。場合によるってどんな?」

いまではジョンが話している。「ホテルでふたりのあいだになにがあったかによるかな。彼が彼女にしたとあなたが言うその要求によるんだ。物語のなかで、お母さん、彼がどんな要求をしたか詳しく書くつもり?」

「ええ、書きますよ」

いまや彼ら全員が沈黙してしまう。その男がXという街で次になにをするか、あるいは、サイドビジネスとして売春をやっている女の子がなにをするか、それはだんだんどうでもよくなっていく。本当の物語が進行中なのはバルコニーであり、そこではふたりの中年の子供たちが母親と面と向き合い、その母親たるや彼らを不安にさせ、狼狽させる能力はまだまだ衰えていないのだ。**わたしは叫ぶ者なのよ**。

「その要求がどんなものだったか、教えてくれるんでしょ？」とヘレンが容赦なく質問する、ほかに質問することがないのだ。

遅い時刻だが遅すぎるほどではない。彼らは子供ではない、誰ひとり。良きにつけ悪しきにつけ、全員がこうして、ともに人生という水漏れの激しい船に乗って、冷淡な闇の海を、救いとなる幻想もなく漂っているのだ[12]（今夜はまたなんというメタファーを思いつくものか！）。たがいに相手を食いつくさずに、乗船中の船のなかで共生する術を学べるだろうか？

「男が女にやらせることは、わたしにはひどいと思うものよ。でも、あなた方はひどいと思わないかもしれない、世代がちがうものね。たぶんこの点では世界はとうに船出して、岸に置いてきぼりになったわたしが、嘆かわしいと思っているんでしょうね。たぶんそこがこの物語の核心ということになるかしら。つまり、男は、年長の男は、女の子と鉢合わせすると顔を赤らめるのに、当の女の子にとってホテルで起きたことは取り引きの一部、生活の一部、世の中なんてこんなものとかね」

もう子供ではないふたりの子供たちがちらりと視線を交わす。**それで終わり？** と言っ

12　コンラッド『闇の奥』

ているようだ。**物語の大事なところはこれからだよね。**

「物語のなかの女の子はとても美しい」と彼女は言う。「紛れもない花なの。じつを言うと。当の男、ミスター・ジョーンズはこれまでこんなことに夢中になったことはなかった、それは美しさを辱《はずかし》めること、引きずりおろすことだった。電話をかけたときはそんな意図はなかった。電話をかけたときは、自分の内部にそんなものがあるなんて思いもしなかった。それが彼の意図となったのは、その女の子があらわれて、さっき言ったように、彼女は花だ、と思ったときだった。これは自分に対する侮辱ではないか、これまでの人生で手にしそこねてきたのは、この、本物の美しさではなかったか、このチャンスを逃せばこれからもずっと手にしないまま終わるのではないか。**不公平な世界だ！** と密かに彼は叫んだのかも、そしてそれゆえ激しい行為におよんだ。ナイスな男ではないのよ、全体的に見て、このミスター・ジョーンズって」

「お母さんは、美しさを、その重要性を疑問視していると思っていた」とヘレンが言う。

「そんなものは添え物だってあなたは言ったじゃないの」

「そんなこと言った？」

「まあ事実上」

ジョンが片手を伸ばして妹の腕に置く。「物語に出てくるミスター・ジョーンズという男は、まだ美を信じているのさ」と彼。「美の魔力に支配されている。だからそれを憎み、それと闘うんだ」

「そういう意味なの、お母さん?」とヘレン。

「どういう意味かなんてわたしには分からないわよ。物語はまだ書かれていないんだから。瓶から完全に出きっていない物語のことを話したくなる誘惑に、ふだんは抵抗するんだけど。それがなぜか、いま分かったわ」暖かい夜なのに彼女は軽く身震いする。「あれこれ口出しされすぎるからだ」

「瓶だけど」とヘレン。

「気にしないで」

「これは口出しじゃないでしょ」とヘレン。「ほかの人たちからなら、それは口出しかもしれない。でも、私たちはあなたの味方よ。それは分かってるはず」

あなたの味方? なんというナンセンス。子供というのは親に敵対するもので、味方につくものではないのだ。でもこれは特別の週の特別の夕べ。みんなが一堂に会することはもうありそうにないんだから、三人そろっては、今生で。ひょっとしたら今回ばかりは、彼らは自分のこだわりを克服すべきなのだろう。娘のことばは心から発せられたものかもしれない。本心から、偽りの心ではなく。**私たちはあなたの味方です**。そしてそのことばを抱きしめたいという彼女自身の衝動――それもまた本心からなのかもしれない。

「それじゃ、どう続ければいいか教えて」と彼女が言う。

「女の子を抱きしめて」とヘレン。「彼女の家族の前でその女の子を彼の腕のなかに抱きしめさせて。それがどれほど奇異に見えようと。「許してくれ、きみにひどいことをさせてしまった」と彼に言わせて。彼女の前にひざまずかせて「きみのなかにあるこの世の美しさをもう一度賛美させてくれ」とか、そんな意味のことばを彼に言わせて」

「とっても『アイリッシュな薄明』[13]ふうだわね」と彼女はつぶやく。「とってもドストエフスキーっぽい。そういうのをわたしが自分のレパートリーに入れるとは思えない」


ジョンにとってニース滞在の最後の日だ。翌朝早く彼は会議が開かれるドゥブロヴニクへ向かって発つことになっている。そこでなにやら、有史以前の時間について、この世の終わり以後の時間について議論するらしい。

「むかしは望遠鏡をのぞき込むのが好きなちっちゃな男の子だったのにな」と彼女に向かって彼が言う。「いまじゃ自分を哲学者として作り直さなきゃならない。神学者といってもいいか。人生ってのはずいぶん変わるもんだ」

「それでなにが見たいの？」と彼女が言う。「あなたの望遠鏡で時間以前の時間をのぞき込むとき？」

「分からない。ひょっとしたら神かな、次元をもたない。隠れたる存在」

「そうね、わたしもこの目で見えたらと思うわね。でも、できるとは思えないけど。彼によろしく言って、わたしから。近いうちそばに行くからって」

「お母さん！」

「ごめんなさい。あなたも知ってると思うけど、ヘレンがわたしにここでアパルトマンを買ったらどうかって。興味深い考えだけれど、その話にはのらないと思う。彼女の話では、あなたにはあなたの提案《プロポーザル》があるそうね。くらくらするわ、こんなにプロポーズ、プロポーズで。結婚前の求愛期の再来かしら。あなたはなにを提案《プロポーズ》しようっていうの？」

「ボルチモアへあなたがきていっしょに住むことだよ。大きな家だからスペースはたっぷりあるし、バスルームをもうひとつ設置するつもりだ。子供たちもすごく喜ぶよ。おばあちゃんがそばにいるってのは彼らにとって良いことだから」

「九歳と六歳のうちはすごく喜ぶかもしれない。十五歳と十二歳になればあまり喜ばない

13　W・B・イェイツ『ケルトの薄明』のもじり

でしょうね。家に友達を連れてくると、スリッパを履いたおばあちゃんがキッチンで足を引きずってうろうろしてたり、ぶつぶつ独り言を言いながら入れ歯をカタカタ鳴らしてたり、それにひどくさわやかな匂いってこともないでしょうし。ありがとう、ジョン、でもそれはなし」

「いま決めなくてもいいさ。申し出はイキ。ずっとイキだから」

「ジョン、わたしはお説教をする立場にはないけれど、だってオーストラリアの生まれですから、進んでアメリカのご主人にこびへつらい、言いなりになるオーストラリアの。そうは言っても、忘れないでほしいのは、あなたの招待はわたしに生まれた国を離れて大魔王の腹のなかに居を定めよ、ということで、そうするのをわたしが躊躇《ちゅうちょ》するかもしれないってこと」

彼が、彼女のこの息子が、立ち止まる。そして彼女も、彼のそばに立ち止まる、遊歩道で。どうやら息子は彼女の言ったことばにあれこれ思いをめぐらせているらしい。彼女のことばに、四十年前に彼が生まれたときにあたえられた頭蓋の内部で、プディングとゼリーのアマルガムを塗りたくっているらしい。その細胞は衰えを知らず、まだまだ、有史以前の時間や、未来の先の時間について、大小さまざまな着想と格闘する精力をいまも有していて、老いゆく親をどうしたものかと思案しているのだ。

「とにかく来たらいい」と彼は言う。「躊躇するにしても。分かったよ、いま決めるのはベストじゃない、でも、とにかく来たらいい。パラドックスの精神で。それに、もしもあなたが、きわめてささやかで、きわめて穏やかな忠告を受け取ってくれるなら、大げさな決めつけには慎重になってほしいな。アメリカは大魔王ではないよ。ホワイトハウスにいる連中は歴史的に見れば、ほんの一瞬の点滅《ブリップ》にすぎない。彼らはいずれ出ていって、また元どおりになるさ」

「つまり、嘆かわしいと思うのはいいけれど、公然と非難してはいけないと？」

「公正さだよ、お母さん、ぼくが言ってるのはそれ、公正な口調と精神のことさ。つい誘惑にかられるのは分かるよ、書き記す前に一語一語を吟味しつくす人生を送ってきたあとだもの、ほとばしることばを思いのままに口にしたくなるよね。でもそれは苦い後味を残す、口中に。気づいていると思うけど」

「公正な精神。つまりはそういうことですか。心しておくわ。パラドックスについて言うなら、パラドックスをめぐる最初のレッスンとは、わたしの経験では、パラドックスに頼らないことよ。パラドックスに頼るとパラドックスにやられる」

彼女は彼の腕をとる。黙って散歩を再開する。だが、ふたりのあいだがぎくしゃくしている。彼が身を強張らせ、苛立っているのが彼女には感じ取れるのだ。そう言えば、すぐにむくれる子だった。記憶が怒濤のように押し寄せる。むくれた子をなだめすかすのに何時間もかかったんだった。陰気な少年、陰気な親の息子。彼のところに身を寄せるなんて夢のまた夢だわ、あの無口を決め込み、非難めいた態度の妻までいるのに！

少なくとも、と彼女は考える、彼らはわたしを愚か者あつかいはしない。少なくともそういう敬意をわたしの子供たちは払ってくれる。

「口論はもうたくさん」と彼女は言う（自分はいま彼をなだめすかしている？　懇願している？）。「政治の話をして惨めな気持ちになるのはやめましょう。ここは地中海沿岸よ、ヨーロッパの揺籠《ゆりかご》ですよ、心地よい夏の夕べだし。わたしにもちょっと言わせてもらうと、もしもあなたとノーマと子供たちがもうアメリカに耐えられないと思ったら、その恥に耐えられないと思ったら、メルボルンの家はあなた方のものですからね、これまで通りに。訪ねてきてもいいし、難民としてやってきてもいいし、ヘレンが言うように家族《レユニール・ラ・ファミーユ》みんなが集まることもできる。というわけで、さて、ヘレンをさそって、彼女の行きつけのガンベッタ街にあるレストランまでぶらぶら歩いて、いっしょに美味しいご飯を食べるってのはどう？」

二〇〇三―二〇一七年

老女と猫たち

これを日常とするなんて受け入れがたい、と彼は思う。自分の母親と話をする必要が生じると、はるばるカスティーヤの高原へ、彼女が居を構える、こんな文明の光のとどかない村までやってこなければならないなんて。こんな四六時中寒くて、夕食の皿にのるものといえば豆とほうれん草で、おまけに、部屋に入ろうとするたびに八方に散る、彼女の野良じみた猫どものことで礼を失しないよう気を配らなければいけないなんて。いったいどうして彼女は、人生の夕暮れに、もっと都市文明の恩恵にあずかる場所に腰を落ち着けることができないのか？　ここへいたるまでには複雑な事情があったのだから、ここから抜けるのもさぞや複雑なものになるだろう。彼女とここにいることさえ必要以上に複雑なんだ。どうして母親が触れるものはなにもかも複雑になってしまうんだ？

いたるところに猫がいて、数があまりに多くて、目の前でアメーバみたいに分裂、増殖しているのかと思うほどだ。それに、階下のキッチンには得体の知れない男までいる。ものも言わずに座ったまま、豆の入ったボウルの上にかがみ込んでいる。この不可解な男は母親の家でいったいなにをしている？

彼は豆が好きではない。やたらおならが出るからだ。スペインにいるから十九世紀スペインの小作農みたいな食生活に倣うなんて、わざとらしいじゃないか。

猫たちは、しかし、餌に豆をもらうことはないし、もちろん豆でがまんするわけもないだろうが、母親の足元をうろつきまわり、くねくねと身をよじり身づくろいをしながら彼女の気を引こうとする。もしもこれが彼の家なら一匹残らず叩き出すところだ。しかし、もちろんそこは彼の家ではないし、自分は客にすぎないのだから、礼儀をわきまえ、猫に対しても丁重にふるまわなければならない。

「あの生意気なちびガキ」と彼は指差しながら言う――「あそこにいるあいつ、顔に白い印のある猫だけど」

「厳密に言うとね」と母親が言う。「猫に顔はない」

猫に顔はない。またしても彼はドジを踏んだのか?

「目のまわりに白い斑点があるやつだけど」と彼は言い直す。

「鳥に顔はない」と彼の母親は言う。「魚に顔はない。猫だってそうでしょ? 本来の顔のある生き物は人間だけ。われわれの顔が人間であることを証明しているの」

そういうことか。彼にも分かってくる。自分はうっかり語彙上の間違いをしたのだ。人間には足《フット》があり、動物には鉤爪《ポー》つきの足がある。人間には鼻《ノーズ》があり、動物には鼻面《スナウト》がある。

だが、もし人間だけに顔《フェイス》があるとしたら、動物はなにによって、なにを通して、世界と向き合うのか？　前面の容貌《アンテリア・フィーチャーズ》？　そんな用語なら、どこまでも厳密さにこだわる母親を満足させるだろうか？

「猫には面《ミーン》はあるけど顔《フェイス》はない」と母親は言う。「身体上の面《ミーン》ね。われわれにだって、あなたやわたしのことだけど、生まれたときから顔があるわけじゃない。なだめすかしてやっと顔があらわれる。木炭をなだめすかすとやっと火が熾《お》きる。あなたをなだめすかしたので、顔が、あなたの内奥からあらわれたのよ。思い出すわ、あなたの上にかがみ込んで息を吹きかけ、くる日もくる日も、そうやっているうちに少しずつ、あなたが、わたしのいい子と呼びかけたあなたが、あらわれてきたときのことを。それは魂を呼び起こすみたいだった」

彼女はここで沈黙する。

白い目印のある仔猫が少し大きな仔猫と、一本の毛糸をめぐって組んずほぐれつの格闘を始めた。

「顔があろうとなかろうと」と彼は言う。「ぼくはあいつのきびきびした動きが好きだな。仔猫ってのはすごく大きな期待を抱かせるよね。残念ながら叶えられることはめったにないけど」

母親が顔をしかめる。「**叶えられる**って、どういう意味、ジョン？」

「仔猫を見てると、これはきっと成長して個体に、個々の猫になり、それぞれ個別の性格と個別の世界観をもつようになるって期待しそうになる。でも、仔猫は最後はただの猫になり、入れ替え可能な、生物学でいう属としての猫、種としての猫の典型になる。何世紀もわれわれと付き合ってきたことが彼らの役に立ったとは思えないな。猫は個別化することがない。固有の性格を発達させることがない。せいぜい表に出るのは性格もどき――怠惰だとか、短気だとか、そんなところかな」

「動物に性格がないのは動物に顔がないのとおなじことよ」と母親が言う。「がっかりするのは期待しすぎるからでしょ」

母親は彼の言うことになんでも反論するが、敵意はさらさら感じられない。彼女は彼の母親でありつづける。それはつまり、彼を産み、その後は上の空ながら愛情を込めて見守り、彼がこの世界で自分の道を見つけることができるまで保護したあと、彼のことを忘れた女性、まあそんなところだ。

「でも、お母さん、もし猫たちが個体でないとしたら、もし個体となる能力をもたないとしたら、もしプラトン的な猫が次々とこの世で具現化したものにすぎないとしたら、なぜこんなにたくさんの猫を飼ってるの？　なぜ一匹だけにしないの？」

その質問を母親は無視する。「猫には魂はあるけど性格はない」と彼女は言う。「あなたがその差異を把握できればだけれど」

「ちゃんと説明してよ。簡単な用語で、飲み込みの悪いこの門外漢にも分かるように」

母親は彼に向かってにっこり笑う。とても優しい微笑みだ。「動物に顔がないのは、厳密に言うと、動物には目や口のまわりに繊細な筋肉組織がないからで、われわれ人間にはありがたいことにそれがあって、魂が外にあらわれるようになっている。だから猫の魂は不可視なの」

「不可視の魂か」と彼は考え込む。「誰にとって不可視なのさ、お母さん？　僕たちにとって？　彼らにとって？　神にとって不可視なの？」

「神のことは、わたしには分からない」と彼女。「もしも神にすべてが見えるなら、あらゆることが神には見えるはずよ。でもあなたやわたしの目に見えないのは確かね。不可視なのは、厳密に言うと、ほかの猫にとってもおなじ。つまり視覚では捉えられないの。猫は別の手段で相手のことを理解する」

こんな、猫の魂をめぐる神秘的なたわごとを聞くために、はるばる何マイルも自分は旅をしてきたのか？　それにキッチンにいる男、あれはなんなんだ？　あいつが誰か、いつになったら母親は説明してくれるんだろう？　（この小さな家はプライバシーを保てるような作りではないため、キッチンにいる男が食べながら豚みたいに低く鼻を鳴らすのが、彼のところまで聞こえてくるのだ。）

「相手のことを理解するって」と彼は言う。「それは具体的にどういう意味なの？　相手の性器の臭いを嗅ぐこと？　それとも、なにかもっと高尚なこと？　それに」と急に彼は大胆になって言う。「階下のあの男はいったい誰？　お母さんのために働いてるの？」

「キッチンにいる男の名前はパブロよ」と母親は言う。「わたしが面倒を見てるの。彼を保護している。パブロはこの村で生まれてずっとここで生きてきた。恥ずかしがり屋で、知らない人にきちんと受け答えができない、だからあなたに紹介しなかった。パブロはしばらく前に面倒を起こした時期があって、話によれば、露出癖があったみたい。常習的に露出するけど、挑発する意図はない。わたしに対してはないし、一定の年齢に達した者には、男たちはもう露出させたりしないでしょ、若い女性と、子供たちに対してだけね。

　社会福祉局の人たちがパブロを連れ去って安全な場所とやらに閉じ込めようとした。家族は、つまり彼の母親と未婚の妹は抵抗しなかった、それまで彼がさんざん面倒をかけてきたから。そこへわたしが介入したの。社会福祉局の人たちに、ここに彼を置いていってくれるなら、わたしが面倒を見るって約束した。彼から目を離さない、不品行《ミスビヘイヴ》をさせない、と約束した。それがわたしのしたこと、こうしてやっていることよ。というわけでキッチンに彼がいる」

「そうか、旅に出ようとしないのはそういう理由か。ずっとここにいて村の露出狂を見張らなくちゃならないんだ」

「わたしはパブロから目を離さず、猫から目を離さずにいるの。猫たちもまた村の人たちとあまり良い関係ではないから。数世代前まではごくふつうの飼い猫だった。その後こういう村から住民たちはふらふらと都会へ出ていくようになった。家畜は売ったけど、家で飼っていた猫は自力で生きていけとばかりに捨てていった。猫は当然、野良になった。野生へ戻った。ほかにどんな選択肢があった？ でも、村に残った人たちは野生化した猫なんて好きじゃない。彼らは猫をことあるごとに銃で撃つか、罠で捕らえて溺死させる」

「飼い主に捨てられて、猫は野生の魂を取り戻したわけだ」と彼は言ってみる。

ふざけたつもりが、母親はそれを冗談とは解さない。「魂に複数の特性はありません。野生のとか、飼いならされたとか、他のなんであれ」と母親。「もしも魂に複数の特性があるとしたら、それは魂ではなくなります」

「でも、あなたはそれを不可視の魂と呼んだじゃないか」と彼は反論する。「不可視というのはひとつの特性じゃないの？」

「知覚の対象として不可視のモノなど存在しない」と彼女は応じる。「不可視性は対象となるモノの特性ではない。それは見る者の特性なんです、能力の有無は別として。もしもわれわれに魂が見えなければ、それを不可視と呼ぶ。それはわれわれについてあることを言っているのであって、魂についてはなにも言っていない」

彼は首をふる。「いったいどこからこういうことになったの、お母さん?」と彼は言う。「異国の、こんな神に見捨てられたような山中にたった独りで座り込んで、主体と客体をめぐって衒学者ぶって髪をかきむしってるあいだに、ノミやらなにやら神のみぞ知る害虫だらけの野生の猫たちが家具の下をはいずりまわってる。本当にこんな暮らしがしたいの?」

「次の引っ越しの準備はしているところです」と彼女は答える。「最後の引っ越し」と言って彼の目を見る。彼女は穏やかだ。完全に本気のようだ。「わたしは自分とは異なる存在様式のものたちといっしょにいることに自分を慣らしているところなの、わたしの人間としての知性では把握できないほど自分とは異なるものたちと。どういうことか、あなたに分かる?」

彼に分かるか? はい。いいえ。彼がここへやってきたのは、死について、死の可能性について、母親の死とその準備について話をするためであって、死後世界について話すためではない。

「いや」と彼は言う。「どういうことかぼくには、いまひとつ分からないな」彼は指を豆のスープに浸して、手を横に伸ばす。白い目印のある仔猫が、興じていた遊びを中断して彼の指をふんふんと嗅いで、舐める。彼は仔猫の目をじっと見つめる、すると一瞬、仔猫が彼を見返してくる。目の裏に、黒い瞳の切れ目《スリット》の裏に、その裏の奥まりに、なにが見える？　一瞬のひらめき？　そこに隠れている不可視の魂をかすめる光？　彼には確信がもてない。もし本当にひらめきがあったとしても、それはむしろ瞳に映る彼自身の鏡像だったかもしれないではないか。

軽やかに仔猫はソファから飛びおりて、尻尾をピンと高くあげて、歩み去る。

「あらそう？」と母親は言う。軽く微笑んでいるのは、ひょっとして嘲笑しているのかも。

彼は首をふり、ナプキンで指を拭う。「ああ。ぼくには分からないよ」

彼は通りに面した小さな部屋で寝る。部屋はすごく寒くて、とても服を脱ぐ気になれない。冷たい寝具のあいだで身をまるめて眠る。真夜中に体が凍えきって目が覚める。手を伸ばして小さな室内ヒーターに触れる。ベッドのそばに点けっぱなしにしておいたやつだ。冷たい。ベッドサイドのランプのスイッチを入れるが、明かりは点かない。

ベッドから抜け出して、暗闇のなかでもぞもぞとロックを解除してスーツケースを開け、ソックス、ズボン、パーカを着込む。頭にスカーフを巻きつける。それから歯の根をかたかた鳴らしながら、ベッドに潜り込み、夜明けまで断続的に眠る。

母親が、居間で昨夜焚いた燃え殻を前にしゃがみ込んでいる彼を見つける。

「停電になった」と彼が非難するような口調で言う。

彼女がうなずく。「昨夜、あの部屋のヒーターを入れた？」と彼女が訊く。

「寒かったからヒーターを点けっぱなしにして寝たんだ。こういう原始的な生活には慣れてないんだよ、お母さん。ぼくは文明社会の出身だし、それに文明社会では、人生は苦悩の谷間だという概念を拒否するからさ」

「人生が苦悩の谷間であろうとなかろうと」と母親が言う。「事実として、この家では午前一時から四時までは浴用の水を温める時間だから、そのあいだにヒーターを使えば停電になるんです」ここで彼女はひと息入れて、彼をまっすぐ見据える。「子供じみたことはしないで、ジョン」と彼女は言う。「わたしをがっかりさせないで。あなたとわたしがいっしょにいられる日々はもう残り少ないの。あなたの最良のところを見せてちょうだい、最悪のところではなく」

もし妻がこういうことを彼に言ったとしたら、喧嘩になっていただろう。喧嘩になって、気まずい気分が数日続くことになったかもしれない。しかし母親からなら、自分はある程度の小言に耳を貸す心づもりをしているらしい。母親が彼を批判したら、たとえその批判が理にかなっていなくても（どうやって温水器のことが彼に分かる?）、限度内なら頭を垂れるつもりなのだ。母親の前に出ると、どうしてまた九歳の自分に戻ってしまうんだ？過ぎた何十年がまるで一瞬の夢となったみたいに？　消えた火を前にして座ったまま、彼は顔を母親のほうへ向ける。**ぼくの心を読み取って**、と母親に訴えながらも、ことばは発しない。**あなたは、魂は顔に出ると主張する人なんだから、ぼくの魂を読み取って、ぼくが知っておかなきゃいけないことを教えてよ！**

「しょうがないわね」母親はそう言って彼の頭に手を伸ばし、髪をくしゃくしゃにする。「あなたはもっとたくましくなる必要があるわ。みんながみんなあなたみたいだったら、わたしたち、氷河時代を生き抜けなかったかも」

「何匹の猫に餌をあげてるの?」と彼が訊く。

「季節によるかな」と彼女は答える。「現在は、常時餌をやっているのは十二匹ほど、それに、ときどきやってくる猫が数匹。夏は数ががくっと落ちる」

「でも、餌をあげれば猫は増えるよね、確実に」

「増えるわね」と彼女は認める。「それが健康な生物の自然な成り行き」

「幾何級数的に増える」

「幾何級数的に増える。でも一方で、自然は数々の死をもたらす」

「そうは言ってもさ、なぜ村の住民が不安にならないか、ぼくには分からないな。よそ者がやってきて自分たちの村に住み着き、野良猫に餌をやりはじめる、そのうち猫だらけになる。一定の均衡をあなたが狂わせてるってことじゃないの？　それに、あなたがあの猫たちに餌をやれるということは、キャットフードになりはてる馬がいるってことでしょ？その馬について思いを馳せることはないの？」

「わたしにどうしろって言うのよ、ジョン？」と母親が言う。「あの猫を餓死させせろって？　選ばれた数匹にだけ餌をやれって言うの？　動物の肉じゃなくて豆腐をあたえろって？　なにを言ってるの？」

「避妊手術を受けさせるってのもありじゃないかな」と彼は答える。「猫を捕まえてもらって片っぱしから手術を受けさせる、あなたがその費用を出す、そうすれば近所の住人たちも、陰であなたの悪口を言う代わりに、本当にお礼を言うかもしれない。猫の最後の世代が、去勢された世代が、満足そうにその生をまっとうして、それで終わりってことになる」

「両者ともにっこり大満足ってわけね」と言う母親の声はきつい。

「ああ、もしあなたがそんなふうに言いたければ」

「両者ともにっこり大満足の状態からわたしが模範例として立ちあらわれて、野良猫の問題に理性的かつ責任をもって、しかも人道的に取り組むにはどうすればいいかを示すわけね」

彼は黙ったままだ。

「わたしはそんな例にはなりたくありませんから、ジョン」母親の声のなかに聞き取れるのは、固い、執拗な、刺々《とげとげ》しさの兆しで、これは強迫観念かと彼は密かに考える。「そういう例には誰かほかの人になってもらいます。わたしは自分の魂が導くままに従います。ずっとそうしてきたんですから。わたしのそこを理解しないなら、あなたはなにも理解していませんね」

「魂という語が使われるとき、ぼくはたいてい理解するのをやめるんだ」と彼は言う。「もうしわけないと思うよ。あまりに合理主義的な教育を受けた結果だな」

彼には動物について母親のような強迫観念はない。人間の利益と動物の利益のあいだで選択を迫られたら、躊躇うことなく自分の種である人間の利益をとる。悪意はないが距離を置き、それが動物に対する自分の態度であると説明するだろう。距離を置く理由は、なにやかや言っても結局は、人間とその他のものとのあいだには、広大な距離が存在するからだと。

もしもこの村と猫の大量発生の問題をどう解決するかが彼ひとりに委ねられたなら、もしも母親が関わっていないなら——たとえば母親が死んで、とか——彼は**すべて殺せ**と言うだろう、**畜生は皆殺しだ**と。野良猫、野良犬、世界はもうそんなものを必要としない。だが母親が関わっているから彼はなにも言わない。

「教えてあげましょうか」と母親は言う。「猫の話のすべてを？　わたし自身と猫の話を？」

「教えてよ」

「サン・フアンにやってきたとき、まず最初に気づいたのは、この土地の猫が人間の気配をわずかなりとも察知したら姿を消すことだった。それにはもっともな理由があって、人間は彼らにとって情け容赦ない敵だったからよ。それは恥だとわたしは思った。わたしは誰の敵にもなりたくなかった。でも、なにができる？　だからなにもしなかった。

するとある日、散歩の途中で、排水溝に猫が一匹いるのを見つけた。雌だった。仔《こ》を産んでいる最中だった。逃げることができないので、その猫はわたしをにらみつけ、歯を剥いて唸った。かわいそうに、半分餓死状態の生き物が、不潔きわまりない、じくじくした場所で、仔を産もうとしている、仔猫たちを守るためには自分の生命《いのち》さえ投げうつ覚悟で。

わたしも母親なの、と猫に言いたかった。でも、もちろん猫には理解できない。理解したいとも思わないはず。

そのときよ、わたしが心に決めたのは。ひらめいたというか。どんな計算も必要なかった、プラスとマイナスを天秤にかける必要はなかった。猫に関するかぎり、わたしは自分の部族に――狩猟者の群れに――背を向けて、狩られる部族の側につくことに決めた。どれほど大きな代償を払っても」

彼女はもっとなにか言おうとするが、彼が話を遮る。絶好のチャンスを逃すことはできない。「村の猫には良い日だけれど、その犠牲になるものには悪い日だよね」と彼は述べる。「猫もまた狩猟者だから。獲物に――鳥、鼠、兎に――そっと近づいて、しかも、それを生きたまま食う。そのモラルの問題をあなたはどう解決したの?」

その質問を彼女は無視する。「わたしは複数の問題に興味があるわけじゃないの、ジョン」と彼女は言う――「問題にも、その問題の解決策にも興味はない。生命を、知識人に提示して解決してもらう一連の問題と見なす、そういう考え方には虫酸《むしず》が走るわ。猫が問題ではないの。排水溝のなかのその猫がわたしに訴えていた、だからわたしは応答した。猫が疑問を抱くことなく応答した、モラルを推し量る論法に照らしたりせずに」

「あなたは母猫とまっすぐ向き合い、その訴えを退けることができなかったんだ」

母親は彼を不思議そうに見やる。「なぜそんなふうに言うの?」

「だって、昨日あなたは猫には顔がないって言ったじゃないか。そこで思い出すのは、ぼくがまだ子供のころ、あなたがよく他者の眼差しについて、ぼくにどんなふうにお説教したかだ。他者とまっすぐ向き合うとき、われわれがみずからの人間性を否定することにならないかぎり、あえて退けることはできない訴えについて、どうお説教したかだよ。倫理以前の、もっと原初的な訴え、そうあなたは呼んだ。

問題は、とあなたは言ったよ、他者によってわれわれがどのように問いの対象とされるかを語るそのおなじ人たちが、動物によって問いの対象となる存在のことは語りたがらないことだと。苦しむ獣の目のなかでこそ、多大な代償を払わないかぎり否定できない訴えに遭遇しうることを、彼らは認めようとしないと。

しかし——ぼくはここで自問する——あなたによれば、苦しむ獣の訴えをわれわれが拒否するとき、われわれが否定するものとは正確にはなんなのか? われわれに共通する動物性を否定しているのか? **動物性**という、この奇妙な抽象概念はどのような倫理的位置にあるのか? そして動物の目から、魂を表現するための繊細な筋肉組織を欠いたとあなたが言うあの目から、われわれに伝わってくる訴えとは正確にはなんなのか? もしも動物の目がたんに無表情な光学的器具であるなら、動物の目のなかに見えるとあなたが考えるものは、実際にはあなたが見たいものにほかならないかもしれない。動物は本来の目をもたない、動物は本来の唇をもたない、動物は本来の顔をもたない――そのすべてをぼくは喜んで認めるよ。しかし、もしも彼らが顔をもたないなら、顔をもつわれわれは、どうやってみずからを彼らのなかに認識するの？」

「排水溝の猫が顔をもっていたなんて言ってないでしょ、ジョン。わたしが言ったのは、その猫がわたしのなかに敵を見て唸《うな》りをあげたってことよ。先祖代々受け継いできた敵を。種としての敵を。あの瞬間わたしに起きたことは、見つめ合ったこととは無関係、関係があったのは母であることよ。長靴を履いた男が、たとえばあなたが分娩中で攻撃を受けやすく、無力で、逃げられないのをいいことに、あなたを蹴り殺すような世界にわたしは生きていたくない。わたしの子供たちが、ほかの母親の子供たちにしても、数が多すぎるという理由で、母親から引き離されて溺死させられるような世界にも生きていたくないの。

子供の数が多すぎるなんてことはないのよ、ジョン。じつはね、正直に言うと、わたしはもっと子供が欲しかった。悪く思わないでほしいんだけど、子供をふたりだけに、あなた方ふたりね、あなたとヘレンだけにしたのは悲しむべき間違いだった。子供がふたりって、すてきで、すっきり、合理的な数よ、それは親が自己中心的ではなく、未来の公正な分け前以上のものを要求していないと、世界に対して証明しているとされる数ね。もう遅すぎるけど、わたしはたくさん子供をもてばよかったと思う。子供たちがまた通りを走っているのを見たいと心底思う（ここみたいな村が子供がいないためにどれほど活気がないか気づいた？）――子供と仔猫と仔犬、ほかの小さな生き物たちがいっぱい、無数にいるところを見たいわ。

この世とあの世の境には――そんなふうに想像するんだけど――そういう小さな魂が、猫の魂、鼠の魂、鳥の魂、生まれない子の魂がひしめきあっていて、なかに入れてと嘆願している、肉体をあたえてと嘆願している。だからわたしは彼らを、そのすべてを、なかに入れてやりたい。たった一日でも二日でも、たとえちらりとでも、われわれのこの美しい世界を見ることができるなら。だって、あの子たちが肉体をもつチャンスをこのわたしが偉そうに否定できる？」

「うるわしい絵だねえ」と彼は言う。

「そう、うるわしい絵ですよ。続けて。さらになにが言いたい？」

「それはうるわしい絵だけれど、そのすべてに誰が食べ物をやるの？」

「食べ物は神があたえるでしょう」

「神はもういない、お母さん。分かってるじゃないか」

「そう、神はいない。でも少なくとも、わたしがそうあってほしいと祈る世界では、どの魂にもチャンスはある。生まれないまま門の外で待ちながら、なかに入れてと泣いてるものはもういない。どの魂にも生を味わう順番がくる、となればそこには比類なき優しさのなかの優しさがある。そのときついに、われわれは背筋を伸ばして顔をあげ、生と死の指導者、宇宙の指導者となるの。われわれはもはや門を閉ざして立ち、**すまない、あなたを入れることはできない、あなたは望まれていない、数が多すぎる**と言わずにすむし、代わりに、**ようこそ、なかへ入って、あなたは望まれている、あなた方全員が望まれている**と言えるようになるのよ」

　ここまで熱狂的でロマンチックな気分の母親に、彼は慣れていない。そこで彼は母親が現実的になり、平静になるきっかけをあれこれあたえながら待つ。しかし無理だ、彼女はその気分から抜け出せない。口元に微笑《ほほえ》みを浮かべ、活き活きとほおを紅潮させて、遠くを凝視する目に彼の姿は入らないらしい。

「ぼくの気持ちを言うと」と彼はついに口を切る。「妹ひとりではなくもっと兄弟姉妹がいたらよかったと思う、それは認めるよ。でもちょっと悩むところは、もしもあなたがふたりではなく、十数人の子供を育てなければならなかったとしたら、ヘレンとぼくはいまごろどうなっていたかってことかな。高額の教育費をあなたはどうやって捻出していただろうって。ありがたいことにその教育のおかげで、いまぼくたちはいい給料の仕事について快適な暮らしができるわけだけど。でなければ、ぼくは小さな少年のうちから、鉄道の操車場で石炭の残りかすを拾うために、あるいは畑でジャガイモを掘るために送り出されていたかもしれないよね？　ヘレンだって外へ働きに出て床を磨いていたかもしれないよね？　それにあなた自身はどう？　母親の気を引こうと騒ぎ立てる子供を大勢抱えて、高尚なことを考えたり本を書いたり有名になったりする時間をどこから捻出できた？　無理だよ、お母さん。少人数の裕福な家族に生まれるのと、多人数で貧困にあえぐ家族に生まれるのを選べと言われたら、ぼくは何度だって少人数の家族を選ぶよ」

「あなたは本当に風変わりな目で世界を見るのねえ」と母親は面白がる。「パブロを思い出して、昨夜会ったでしょ？　パブロは兄弟や姉妹がたくさんいたけど、みんな大都会へ出ていってしまった。彼をあとに残して。パブロが困ってるときに、助けにやってきたのは兄弟姉妹ではなくて外国の女だった。猫といっしょの老女よ。兄弟姉妹はたがいに愛し合う必要はないの、ほら——そんなふうに思い込むほどわたしはナイーヴじゃないから。

大学教授になるか農場労働者になるか選ばなければならないとしたら、大学教授になることを選ぶってあなたは言う。でも人生は選択で成り立っているわけではないでしょ。そこがいつになってもあなたが間違うところ。パブロはスペインの王様になるか村の愚者になるか、選択を迫られながら肉体のない魂として人生を始めたわけではないの。彼はこの世にやってきて、人間の目を開いてあたりを見まわすと、なんと、彼はサン・ファン・オビスポにいて、下位のなかの最下位だった。解決すべき一連の問題としての人生、選ぶべき一連の選択肢としての人生とはまた、まったくもって変なものの見方ですよ！」

こんな気分でいるときの母親と議論しようとしても仕方がないが、彼はもうひと突きする。「そうは言っても」と彼は言う。「そうは言っても、あなたは村の生活に介入するという選択をしたよね。社会福祉制度からパブロを保護するという選択をした。村の猫にとって救済者を演じる選択をしたんだ。まったく異なる選択をすることもできたはずだよ。書斎に座って窓からながめやり、スペインの田舎暮らしについてユーモラスなスケッチを書いて、雑誌に送ることもできたはずでしょ」

母親が苛々《いらいら》しながら彼のことばを遮る。「分かってるわよ、選択のことは、あなたにいちいち教えてもらわなくても。行動すると選択することがどんなものかは分かっています。行動しないと選択することがどんなものかは、もっとよく分かっています。あなたが言うばかばかしいスケッチとやらを書くと選択することもできた。村の猫なんかに関わらないと選択することもできた。熟考と決定のプロセスがどんな感じか、どんな味か、わたしは正確に知っているし、そんなものは吹けば飛ぶように軽いことも正確に知っています。わたしが言っているのは選択のことではないんです。それは同意。任せること。イエスだけでノーはない。わたしの言いたいことをあなたが分かっても分からなくても。もうこれ以上、自分を説明する気にはなれないわ」彼女は立ちあがる。「おやすみ」

このサン・ファンですごす二日目の夜、彼は毛糸の帽子をかぶってセーターを着込み、ズボンにソックスまではいてベッドに入り、おかげでなんとか眠る。朝ごはんになにか食べようとキッチンへ入っていくころには、ほぼ穏やかな気分になっている。もちろん腹は空いている。

キッチンは明るく、温かく、快適だ。古い鋳鉄製のストーブがパチパチと小気味良い音をたてている。ストーブのそばのロッキングチェアに、膝にラグをかけて座っているのはパブロだ。眼鏡をかけて、新聞を読んでいるようだ。「ブエノス・ディアス――こんにちは」と彼はパブロに言う。「ブエノス・ディアス、セニョール」とパブロがことばを返してくる。

母親の姿はどこにもない。驚きだ。以前は早起きだったのに。彼は自分でコーヒーを淹れて、勝手にシリアルにミルクを注ぐ。

近くへよって見ると、パブロは新聞を読んでいるわけではなくて、切り抜きの山をより分けている。大方は丹念に折りたたまれて、そばの床で口を開けている小さなファイバーボードの箱に放り込まれる。膝の上に残すのはわずかだ。

パブロをめぐる母親の話から判断して、彼は、切り抜きは裸同然の女がのっているものだろうと思う。ところが、そんな非難めいた態度を嗅ぎつけたかのように、パブロは一枚を掲げて彼の視線を引く。「エル・パパ——法王さま」と彼は言う。

それはヨハネ・パウロ二世の写真だ。白い長衣を着て、玉座から身を乗り出し、二本の指を掲げて祝福している。

「ムイ・ビエン——いいねえ」と彼はパブロに言い、うなずいて微笑む。

パブロが二枚目の写真を掲げる。またヨハネ・パウロ二世だ。また彼は微笑む。ポーランド人の教皇は死んで、いまはドイツ人が教皇の座についていることをパブロは知っているのかな? と彼は思う。ニュースがこの村にとどくまでに、いったいどれくらい時間がかかるんだろう?

パブロは微笑みを返してこないが、口を開いて歯を剝いて見せる。その歯がやけに小さい。ものすごく小さく、ものすごく多く、なんだか魚の歯のようだ。白いフィルムに被われているように見える。唾液にしてはひどく濃くてねばねばしている。ゆうに一年、歯を磨かなければこうなるという感じの歯だ。途端に胸が悪くなってきて、彼はそれ以上食べられない。口をナプキンで押さえて立ちあがる。「スクーズィ」と言って部屋を出る。

スクーズィは間違い、イタリア語だ。スペイン語で失礼と言うのはなんだったっけ？

話してる相手の顔をまともに見ることができないときに？

「顔とか洗ってるの、彼？」と母親に訊いてみる。「歯は磨いてないな。どうしてあんなやつのそばにいられるのか分からないよ」

母親はあっけらかんと笑う。「いられるわよ。それに彼とセックスするのってどんなだろ。でもそう言えば、男って一般に自分の発する臭いに鈍感よね。女とはちがう」

小さな裏庭に腰をおろして、ふたりして、淡い陽の光を浴びている。

「それでさ――ぼくはきちんと理解してるかな？」と彼は言う。「この男があなたのスペインの資産の相続人になるわけ？　それは賢明な策かな？　あなたがいなくなった途端に、彼が猫を追い払ってしまわないってどうして確信がもてる？」

「どうしたらわたしがパブロのことで確信がもてるか？　どうしたらわれわれは誰かのことで確信がもてるか？　信頼《トラスト》を築く、というかトラストを設立することはできると思う、そこからパブロが月々幾ばくかのお金を受け取り、さらに雇っておいた代理人に、前触れなく訪ねていかせてパブロがちゃんと仕事をしてるかどうかチェックさせることもできる。でも、それじゃあまりにカフカの『城』っぽい――そう思わない？　ダメ、猫たちはパブロとやってみる機会をもつべきです。もしもパブロが役立たずだってことが分かったら、猫たちは狩猟生活へ戻って体と心が離れないようにしなければならないだけ。最初にまず善きエリザベス女王が統治する豊饒なる寓話的歳月があり、それから次に悪しきパブロ王の暗い時代になる。つまり、もしもあなたが冷静沈着であるなら、大部分の動物はそうなんだから、あなたは肩をすくめて、これが世界の成り行きなんだ、生きるってのはこういうことさ、と自分に言い聞かせることになるわけ」

「でもさ、お母さん、ちょっとだけ真面目になって、もし村をあなたが来たときより良い状態にして立ち去りたければ、法的なトラストにするのは良い選択かもしれないよ？　パブロを正直者にしておくために貢献するトラストではなくて、家のない動物の世話をする《テイク・ケア・オブ》トラストはどう？　あなたにはそのお金があるんだから」

「世話をする《テイク・ケア・オブ》か……気をつけて、ジョン。ある集団のなかでは、**世話をする**とは**処理する**を意味し、**安楽死させる**を意味し、**慈悲深い死を遂げさせる**ことを意味するんだから」

「婉曲表現なしの世話する《テイク・ケア》――という意味でぼくは言ってるんだ。猫には聖域を提供して餌をあたえ、老いたり病気になったら面倒を見ることだよ」

「よく考えてみます。わたしとしてはなにかもっとシンプルなものが好みだと言わざるをえないけれど。パブロにはわたしから祝福をあたえて、忘れずに猫に餌をやるよう言っておくとか。だって、この取り決めは彼のためにもなるから、あなたは彼を気色の悪いやつだと思っているかもしれないけれど。彼に自分は信頼《トラスト》されていると示すためよ、いまだかつて信頼されたことがないんだもの。教皇にも一筆書こうかしら、あなたの下僕であるパブロから目を離さないでって頼んでみようかしら。それで魔法が起きるかもしれない。もう気がついてると思うけど、パブロは教皇にぞっこんだから」


土曜日。出発の時間だ。車でマドリッドまで行き、アメリカに戻る飛行機に乗る。

「さよなら、お母さん。あなたの山奥の隠れ家で会えてよかったよ」と彼は言う。

「さよなら、息子さん。子供たちとノーマによろしく。あなたがはるばるここまで長旅をした価値があったと思えるといいけど。でも、シッ！」と言って彼女は人差し指を持ちあげるが、彼の唇には押し当てずに――それは彼女のやり方ではないから――こう言う。

「わたしに教えてくれる必要はないの、あなたは自分のやるべきことをやっているだけ、分かってます。自分がやるべき仕事をやるのはちっとも悪いことじゃない。世界がまわっているのはその仕事のおかげであって、愛のおかげじゃない。愛はすてき、分かってる、すてきなボーナスよ。でも頼りにならない、残念ながら。いつもあふれているわけではないもの。

でも、パブロにもさよならを言って。パブロは自分も仲間だと思いたがってる。彼に、**バヤ・コン・ディオス**[14]って言って。別れを告げるにはなんだか時代遅れの言い方だけど」

彼はキッチンへ向かう。パブロはいつもの場所に、ストーブのそばのロッキングチェアに座っている。彼が手を伸ばす。「アディオス、パブロ」と言う。「バヤ・コン・ディオス」

パブロが立ちあがり、彼を抱きしめて両頬にキスする。パブロが唇を離すとき、ピチャッと唾がはねる小さな音がして、彼の息からあまったるい汚物の臭いがする。「バヤ・コン・ディオス、セニョール」とパブロが言う。

二〇〇八－二〇一三年

14　スペイン語で「さようなら」の少し古い言い方、字義は「神とともに行きなさい」

嘘

ノーマへ

サン・ファンから書いています、ここにあるたったひとつのホテルから。今日の午後、母のところへ行ってきたよ――曲がりくねった道を半時間も車で走って。彼女の状態はぼくが心配していた通り、いや、もっと悪い。杖がなければ歩けないし、歩けてもひどくゆっくりだ。病院を退院してからも階段がのぼれない状態が続いている。居間のソファで寝ているんだ。ベッドを階下へおろしてもらおうとしたが、ベッドは作り付け《イン・サイトゥ》で、解体してからでなければ動かせない、と男たちから言われたそうだ。（ペネロペ[15]がそんな寝台をもっていなかったっけ――ホメロスに出てくるペネロペだけど？）

彼女の書籍や書類は全部二階にある。階下にはそのためのスペースはない。彼女はやきもきして、机のところへ戻りたいと言うが、戻れない。

15　『オデュッセイア』の主人公の妻

パブロという名の男がいて菜園を手伝っている。買い物は誰がしてるの？　とぼくは訊いた。すると彼女は、パンとチーズと菜園から採れるもので食べていける、それ以上は不要だと言う。そうだとしても、村の女の人にきてもらって、料理とか掃除とかやってもらうわけにいかないの？　とぼくは言った。彼女は耳を貸そうとしない。村とは関わりをもたないと言うんだ。じゃあパブロは？　パブロは村の一部じゃないの？　とぼく。すると彼女は、パブロはわたしの責任だと言う。パブロは村に属していないと。

パブロは、ぼくの見たかぎり、キッチンで寝ている。ちょっと変というか、心ここにあらずというか、婉曲表現ではいろいろ言うが、ぼくが思うに白痴、愚者だ。

肝心なことは切り出さなかった。そうしたかったが勇気が出なかった。明日、彼女に会ったときに話すつもりだ。うまくいくとは思えないが。彼女はぼくに心を開かないんだ。なぜぼくがやってきたか、鋭く見抜いているんじゃないかと思う。

ぐっすり眠って。子供たちによろしく。

ジョン

「お母さん、あなたの生活をどうするか、いっしょに話をさせてもらえるかな？　これからどうするかだけど」

彼の母親は、がっしりした古い肘掛け椅子に座っていて――おそらく固定されたベッドを作ったのとおなじ大工が作ったものだ――なにも言わない。

「ヘレンとぼくが心配しているのを分かってほしいんだ。あなたは転んで落ちた。また転ぶのは時間の問題だよ。若いころに戻るってことはないんだから、急な階段のある家で、ひとりで、それも近所の人と良い関係ではない村で暮らすのは、率直に言うけど、これ以上は無理じゃないかな」

「ひとりで暮らしてるわけじゃないわ」と母親は言う。「パブロがいてくれる。パブロは頼りになる」

「パブロがいっしょに暮らしてるのは認めるよ。でも、いざというときパブロが頼りになると本気で思ってるの？　前回のときパブロが助けになった？　あなたが病院に電話できなかったら、いまごろどうなっていた？」

そう言った途端、へまをやらかしたのが自分でも分かった。

「いまごろわたしはどうなっていたか？」と母親は言う。「あなたにはその答えが分かっているようね、なら、なんでわたしに訊くの？　地面の下にいて虫に貪り食われているでしょう。そう言えばいいのかしら？」

「お母さん、頼むから冷静に考えて。ヘレンがいろいろ調べて、彼女の住んでいるところからあまり遠くない場所をふたつ見つけ出した。そこなら、あなたがちゃんと世話を受けられて落ち着けそうだと、彼女やぼくが思える場所だよ。そこのことについて、話をさせてもらえないかな?」

「ふたつの場所。**場所**というのは**施設**のこと? 施設でわたしが落ち着けると?」

「あなたが呼びたいように呼べばいいよ、お母さん、ヘレンを皮肉ることもぼくを皮肉ることもできるさ、でも、それで現実が、人生の現実が、変わるわけじゃない。あなたはすでに一度、深刻な事故に見舞われて、そのせいで苦しんでいるじゃないか。その状態が良くなることはないんだ。むしろ逆に、さらに悪くなる可能性のほうが高い。こんな辺鄙《へんぴ》な村でベッドから出られなくなって、用を頼めるのはパブロしかいない、そうなったときのことを考えてみた? ヘレンとぼくが、あなたがケアを必要としているのを知りながら、ケアできずにいるのがどんなことか、考えてみた? だって、ぼくたちが毎週末に何千キロも飛んでくることはできないよ、でしょ?」

「そんなこと、あなた方に期待してないわ」

「あなたが期待してなくても、それがぼくたちのすべきこと、誰かを愛していればその人に対してすることなんだ。だから、頼むよ、黙ってぼくの言うことを聞いてくれないか、代替案を出すから。明日か、明後日か、その次の日か、あなたとぼくがここを発って車でニースへ向かう、ヘレンのところへね。出発する前に、あなたが自分にとって大切なものをすべて、そばに置いておきたいものをすべて、荷造りするのをぼくが手伝う。全部を箱に詰めておいて、あなたが落ち着いたころ、とどくように手配する。

ニースからヘレンとぼくがあなたを連れて、さっき言ったふたつのホームを見にいく。ひとつはアンティーブに、もうひとつはグラースのすぐ外側にある。両方とも見学できるから、そうすればどんな感じか分かるよ。プレッシャーをかけるつもりはない、まったくない。どちらも気に入らなければ、それはそれでいいさ、どこかほかを探してるあいだヘレンのところに居ればいい、時間はたっぷりあるんだ。

ぼくたちはあなたに幸せであってほしいだけで、幸せで安全であってほしいだけで、とにかくそれが最終目標だよ。ちょっとした事故があったとき、あなたのケアをしてくれる人が必ずそばにいるようにしておきたいんだ。

あなたが施設を嫌いなのは分かってるよ、お母さん。ぼくだって嫌いだ。ヘレンだってそう。でも、人生においては、われわれが理想とするものと、われわれにとって良いものとのあいだで、妥協しなければならないときがやってくるんだ。自立と安全を秤にかけなければならないときが。ここスペインで、この村で、この家で、あなたの安全は確保できない。あなたが異議を唱えるのは分かってるけど、それが冷酷な現実だよ。あなたが病気になっても誰も気づかない。また転ぶかもしれない、それで意識がなくなったままだったり、手や足の骨を折ったりしたら。死んでしまうかもしれない」

母親は手首をさっとふる。その可能性を追い払うかのように。

「ヘレンとぼくが提案する場所はむかしの施設とはちがうよ。十分に配慮されたデザインで、管理も行きとどいているし、ちゃんと運営されてる。入居者の利益となることには出費を惜しまないから費用はかかるさ。費用を出せば、その見返りにファーストクラスのケアが受けられる。もしも費用が問題ということになれば、ヘレンとぼくが喜んでいくらか提供するよ。自分だけの小さなアパルトマンがもてるし、グラースでは自分だけの小さな庭だってもつことができる。食事はレストランでもできるし、自室へ持ち帰ることも可能だ。どっちにもジムと水泳用プールがついている。二十四時間体制で医療スタッフが詰めていて、理学療法士もいる。天国ではないかもしれないけれど、あなたのような立場にある人にとっては次善の策だよ」

「わたしのような立場」と彼の母親は言う。「わたしのような立場とは、あなたに言わせれば、正確にどういうもの?」

彼は参ったな、と言わんばかりに大げさに両手を挙げる。「それをぼくに言ってほしいの?」と彼は言う。「本気でぼくにそれをことばにして言えっていうの?」

「ええ。ちょっと気晴らしに、ちょっとした練習に、真実を言ってみて」

「真実は、あなたが年老いた女でケアが必要だってことさ。パブロみたいな男にはできないケアが」

母親は首をふる。「その真実じゃなくて。もうひとつの真実を、本当の真実を言って」

「本当の真実?」

「そう、本当の真実を」

ノーマへ

「本当の真実」、それが彼女の求めたことだった。ひょっとして懇願だったのかも。本当の真実がどんなものか、彼女にはよく分かっているし、ぼくにしてもそうだから、ことばにするのは難しくはなかっただろう。でもそうするには、ぼくはあまりに憤懣《ふんまん》やるかたなかった——憤懣やるかたなかったのは、義務をはたすためにはるばるここまでやってきたのに、きみやヘレンやぼくは、そのことで感謝されそうもないからだ、この世では。

　でも、ぼくにはできなかったよ。面と向かって彼女に言えなかったことも、ここで、いま、きみに対してなら難なく書ける――「本当の真実は、あなたは死にかけているということです。本当の真実は、あなたは片足を墓のなかに突っ込んでいるってことです。本当の真実は、すでにあなたはこの世では無力で、明日はさらに無力になり、日一日とそれは進んで、もう手の打ちようがなくなる日がやってくるということです。本当の真実は、あなたは交渉する立場にはないこと。本当の真実は、あなたはいやだとは言えないこと。本当の真実は、時計が時を刻むことに対してあなたはいやとは言えないということです。あなたは死に対していやとは言えない。もしも死神が「来い」と言ったら、あなたは頭を垂れて行かなければならない。だから、受け入れて。はい、と言う術を学んで。スペインにあなたが自分のために設《しつら》えた家をあとにして、馴染んだものを置き去りにして――そう――施設に入って、そこでは朝になればグアドループ出身の介護士がオレンジジュースを運んできて、あなたを起こしながらにこやかに挨拶して「ケル・ボ・ジュール、マダム・コステロ！――とてもいいお天気ですね、コステロさん！」と言ってくれるんだから、とぼくが言うとき、顔をしかめないで、自分の意見に固執しないで。はい、と言って。分かった、と言って。あなたに任せる、と言って。最善をつくそうよ」

ノーマ、きみやぼくだって、いずれ真実を、本当の真実を告げられる日はいやでもやってくるんだ。だからぼくたちは誓っておかないか？　相手に嘘をつかないと、ぼくたちは約束しておかないか？　それをことばにするのがどれほど難しくても、ぼくたちはそのことばを口にしようって――**良くなることはない、もっと悪くなる、そしてどんどん悪くなりつづけて、もうこれ以上悪くなりようがないところまで、これが最悪というところまでいくんだ**って？

きみの愛する夫
ジョンより

二〇一一年

ガラス張りの食肉処理場

1

深夜に電話で起こされる。かけてきたのは母親だ。こういう夜遅い時刻の電話にもいまは慣れた。母親はとんでもない時間に寝起きしながら、自分以外の世界もまた、とんでもない時間で動いていると思い込んでいる。

「ねえジョン、食肉処理場を作るのにどれくらい費用がかかると思う？　大きくなくていいの、ちょっとしたモデル施設、デモンストレーション用の」

「なんのデモンストレーション？」

「食肉処理場で起きてることのデモンストレーションよ。家畜を殺すことの。ふと思ったの、人が動物を殺すことを黙認している理由は、実際にその目で見ないからだって。目で見て、音を聞いて、臭いを嗅ぐ。ふと思ったのよ、もしも食肉処理場が都市のまんなかで操業していたら、なかで起きてることをみんなが目にして、臭いを嗅いで、音を聞いたら、人は暮らし方を変えるかもしれないって。ガラス張りの食肉処理場。壁がガラスでできた食肉処理場。どう思う？」

「本物の食肉処理場のことを言ってるの？　本物の動物が殺されて、本物の死を経験するような」

「すべて本物。デモンストレーションとして」

「そんなものを作る許可が得られるとはまったく思えないな。万が一にもありえない。皿の上の食べ物がどんなふうに処理されてそこまでくるか、人はわざわざ思い出したくないのは措《お》くとしても、血の問題がある。動物の喉を掻き切ればどっと血が流れる。血はべたつくし、あつかいが厄介だ。蠅がたかる。都市のなかで川のように血が流れるのを黙認する地方自治体なんかないよ」

「川のように血が流れたりはしませんよ。デモ用のささやかな食肉処理場だから。日にほんのわずかな屠畜《とちく》ね。雄牛が一頭、豚が一匹、半ダースほどの鶏。近所のレストランと話をつければいい。殺したばかりの新鮮なミートだから」

「そんな考えは捨てたほうがいいよ、お母さん。とても無理な話だから」

三日後に郵便小包がひとつとどく。なかに多量の紙が入っている。新聞から破り取られたページ、コピー類、母親の字で「一九九〇―一九九五」と書いたラベルの貼ってある日誌、ホッチキスでとめられた書類。短いメモが添えてある――「時間があるときにざっと見て、なにかに使えるかどうか教えて」

書類のひとつに「ガラス張りの食肉処理場」とある。それはこんな引用で始まる。


中世および近代初期に市政を司《つかさど》る当局は、公共の場での畜殺をやめさせようとした。彼らは殺戮《さつりく》の場を不快で厄介なものと見なして、しばしば街壁の外へそっくり追いやろうとした。――キース・トマス[16]

「不快で厄介なもの」というところにインクで下線が引いてある。

彼は書類を流し読みする。そこには母親が電話で述べていた食肉処理場の、もっと詳細で入念な計画案が含まれていて、設計図までついている。その図面にピンで留められているのは、ハンガーみたいな建物を撮った数枚の写真で、おそらく現存する食肉処理場だろう。写真の中景に写っているのは家畜運搬に使われるたぐいのトラックで、なかはからっぽ、運転手の姿はない。

彼は母親に電話をかける。こっちは午後四時、あっちは夜の九時だから、両者いずれに

16　イギリス近代史を研究する歴史家

とっても礼儀をわきまえた時刻だ。「あなたが送った書類がとどいたよ」と彼は言う。「あれをどうしたらいいのか教えてくれないか？」

「送ったときパニックだったの」と母親は言う。「もし明日にでもわたしが死んだら、村から掃除をしにきた無知な女が、わたしの机の上のものを片っぱしからごみに出して燃やしてしまうかもしれないと思ったの。だから書類を荷造りしてあなたに送った。無視してかまわないわ。パニックは収まったから。人は齢をとると強い不安に襲われる、ごく正常なことよ」

「それじゃ、まずいことはなにもないんだね、お母さん、ぼくが知るべきことはなにもない？　一過性の強い不安に襲われただけで、ほかにはなにも？」

「ないわ」

2

その夜、彼は小包のなかから日誌を取り出してぱらぱらとめくる。日誌は「ジブチ、一九九〇年」と題された数ページの文章で始まっている。腰を据えて、彼は読む。

わたしはいまアフリカ北東部のジブチにいる。訪れた市場で、若い男をじっと見ている。とても背が高くて、この地域のたいていの人たちのように、上半身裸で、両腕にたいそう立派な若い山羊を抱えている。山羊は純白色で、おとなしくそこに収まり、あたりを見まわしながら機嫌よく運ばれていく。

市場の露店の背後に、土と石が暗赤色に染まった区域がある。ほとんど黒に近い汚れは、血だ。そこはなにも生えていない、雑草一本、野草一本ない。家畜を屠《ほふ》る場所、山羊や羊や鶏が殺される場所だ。男が山羊を連れていくのはこの屠畜場だ。

彼らの後をわたしは追わない。そこでなにが起きるかは分かっている。すでにこの目で見たからだ。だからまた見たいとは思わない。若い男は屠畜人のひとりに身振りで合図するのだろう。すると屠畜人は男から山羊を受け取り、地面に押さえ込んで、四つ脚をきつく縛る。若い男は、腿のところにぶら下げていた鞘《さや》からナイフを引き抜き、いっさいの予告なしに山羊の喉を切り裂き、山羊の身体が震え悶《もだ》えて、どくどくと生血を流すのをじっと見るのだ。

ついに山羊が動かなくなると、男は山羊の頭部を切り離し、腹部に切り目を入れて開き、内臓を取り出して屠畜人が抱えるブリキの容器に移してから、山羊の膝後ろに針金を刺し込み、手ごろな柱から吊るして皮を剝ぐ。それから男は山羊を縦半分にざっくりと切断し、切断したふたつの部分と、開いてはいるが虚《うつ》ろな目をした頭部を市場へ運ぶのだろう。そこでこれらの死骸は、高値のつく日で九百ジブチ・フラン、五アメリカ・ドルで売れるのだ。

買い手の家へ持ち帰られた山羊の遺体は、小さく切られて炭火で炙《あぶ》られ、そのあいだに頭部は大鍋で茹でられる。食べられない部分は、おもに骨だが、それは犬に投げあたえられる。それで終わり。生のまっさかりだった山羊の痕跡はなにも残らない。まるで山羊など存在しなかったかのように。わたしをのぞいて——偶然その山羊が死へ旅立つところを目にして、偶然その山羊によって見られることになったひとりの旅行者をのぞいて——あの山羊を記憶するものはいないだろう。

その旅行者は、その山羊のことをかたときも忘れることがなく、いまその影に向き合ってふたつの質問をする。最初の質問。「あの朝、あなたは主人の腕に抱かれて市場へ連れられていくとき、なにを考えていた？　彼があなたをどこへ連れていくつもりなのか、本当に知らなかった？　血の臭いを嗅ぎつけることができなかった？　なぜ必死で逃げようとしなかった？」

そして第二の質問。「あなたを市場へ連れていくあの若い男の心中でなにが起きていたとあなたは思う？　生まれた日からずっと知っていたあなたに、日々、朝は草を食ませるために外へ連れ出し、夕べになれば家に連れ帰る群れの一匹だったあなたに、これからしようとすることに対して彼は謝罪のひと言でも吐いた？」

なぜわたしはこんな質問をするのか？　理由は、あなた方の祖先が幾世代もむかしに人間と結んだ取り決めについて、あなたやあなたの兄弟姉妹がどう思っているかを理解したいから。その取り決めで、人間はあなたを自然界の敵であるライオンやジャッカルから保護することを請け負った。その見返りにあなたの祖先たちは、ときが来れば、自分の身体を放棄して、保護者がそれを貪り食うことに同意し、しかも、彼らの子孫が幾百代、幾千代にわたっておなじようにすることまで請け負った。

わたしにはそれが悪しき取り決めだと思える。あなたの集団の利益を損なう度合いが大きすぎる。もしもわたしが山羊なら、ライオンやジャッカルと出くわす危険にさらされるほうがいいと思うだろう。でもわたしは山羊ではないので、山羊の心がどう働くのか分からない。ひょっとすると「親や祖父母に降りかかった運命がわたしに降りかかることはないかもしれない」というのが山羊の考え方なのだろうか。ひょっとすると、希望を抱くことが山羊の生き方なのだろうか。

それとも、山羊の心はまったく働かないのかもしれない。その可能性を真剣に考えなければいけない。例の哲学者たちが——人間の哲学者たちが——やるように。厳密に言って、山羊が思考することはない、と哲学者たちは言う。山羊の内部で起きる精神活動はなんであれ、かりにわれわれがそれにアクセスできるとしても、われわれには認識不能で、馴染みがなく、理解不能だと。希望、期待、予感——これらは山羊の知らない精神活動の形式なのだと。ナイフがあらわれたときに、いまわの際で山羊がもがき暴れても、それは山羊が突然、自分の生が終わろうとしていると理解したからではないと。それは圧倒的な血の臭いへの、自分の足をつかんで押さえ込む見知らぬ人間への反感にすぎないと。

もちろん、あなたが哲学者でないなら、じつにいろんな意味でわれわれによく似た山羊という生き物が、生まれてから死ぬまでずっと思考することなく生きると信じるのは難しい。そのひとつの結果として、こと食肉処理場となると、高い見識のあるわれわれ西欧世界の人間は、山羊であれ、羊であれ、豚であれ、雄牛であれ、あたうかぎり長く無視を決め込むことに最大の努力を払って、動揺させられるのを回避したとしても、ついに殺戮の現場に足を踏み入れてその目でナイフを握り血しぶきを浴びた見知らぬ人を見るや、動揺は避けられなくなる。理想的なのは獣には気絶してもらうことだ。そうすれば、獣の心の能力が失われて、なにが起きているかまったく分からなくなる。支払いの期限がきたことを、記憶にない取り決めの条件を満たすときがきたことを、獣に悟られずにすむ。この地上での最後の瞬間が疑念と困惑と恐怖に満ちたものにならずにすむ。そうすれば獣は、われわれの言う「苦しまずに」死んでくれる。

われわれが所有する家畜の群れで雄が去勢されるのは日常的なことだ。麻酔なしで去勢されるのは、喉を掻き切られるより途轍《とてつ》もなく辛く、苦しみははるかに長く続くが、去勢をテーマにして歌やダンスを創作する者はいない。では、死の苦しみをめぐってわれわれが受け入れがたいとするものとはいったいなにか？　もっと具体的に言うと、われわれが他者に死をもたらす覚悟をしているなら、なぜその他者を苦しみから救いたいと思うのか？　死の苦しみをもたらすことをめぐり、われわれにとって死そのものよりさらに受け入れがたいものとはなんなのか？

英語には squeamish（神経質な）という語があり、わたしの手元にあるスペイン語の辞書では impresionable と訳されている。英語では squeamish（神経質な）と soft-hearted（心優しい）は対照的なペアを形成する。一匹の甲虫が押しつぶされるのを見たくない人を、心優しいと言うか神経質なと言うか、それは甲虫にシンパシーを感じることをすばらしいとするか愚かしいとするかによって決まる。食肉処理場で働く人たちが動物福祉を擁護する人たちのことを、つまり動物がこの地上で迎える最期の瞬間は苦痛や恐怖がないようにすべきだと気遣う人たちのことを話すとき、労働者たちは彼らを神経質なと言うが心優しいとは言わない。たいてい彼らはそんな人たちをばかにする。**死は死だ**、と食肉処理場で働く人たちは言う。

「自分の最期の瞬間が苦痛や恐怖に満ちたものであってほしいと思いますか？」と動物の権利擁護派は食肉処理場で働く人たちを問い詰める。「われわれは動物ではない。われわれは人間だ。動物の場合とわれわれの場合はちがう」と食肉処理場の労働者は答える。

3

彼は日誌を脇に置いてほかの書類を調べる。大部分は書評やさまざまな作家をめぐるエッセイのようだ。いちばん短いものに「ハイデガー」というタイトルがついている。ハイデガーは読んだことがないが、きわめて難解だと聞いている。母親はハイデガーについてなにを言わなければいけないのか？

動物について言えば、動物が世界にアクセスする機会は制限されているか剝奪されている、とハイデガーは述べる——ここで彼が使うドイツ語は arm、英語の poor だ。動物がアクセスする機会はわれわれの場合に比べて貧しいだけでなく、絶対的に貧しい。この主張はハイデガーが動物一般について述べるものだが、この見解をとる彼の念頭にあったのは、具体的にはダニかノミだったと信ずるに足る理由がある。**貧しい**と彼が言っているのはどうやら、動物の世界経験はわれわれの経験に比較して制限されているはずだということらしい。なぜなら動物は自律的に行動《アクト》できず、刺激に反応するだけだからと。ダニの感覚は活発になるかもしれないが、一定の刺激に対して、たとえば空気中の臭いや、常温動物の接近を知らせる地中の振動に対してのみ活発になるのだ。その他の世界に対してダニは聾唖《ろうあ》であり盲目であると言っていい。というわけで、ハイデガーの言語でダニは weltarm（世界経験が貧しい）ということになる。

　わたしはどうか？　わたしは一匹の犬という存在に自分を重ねて考えることができる、というか、できると信じている。しかし一匹のダニという存在に自分を重ねることができるだろうか？　望みのものが接近するのを嗅ぎつけよう、聞きつけよう、とダニの感覚が集中力を発揮するとき、ダニの感知力の強度をわたしは共有できるだろうか？　ハイデガーに倣って、ダニの感知力の、スリルに満ちた、ひたむきな、その強度を測定して、ひとつのものから別のものへ絶え間なく移ろう、わたし自身の、取り散らかった人間の意識と比較したいのだろうか？　どちらが良いのか？　どちらがわたしの好みか？　どちらがハイデガー自身の好みなのか？

ハイデガーがハンナ・アーレントと有名な、というか悪名高い不倫関係にあったのは、アーレントが彼の教える学生だったころだ。残存するアーレント宛ての手紙のなかで、彼はふたりの親密な関係についてはひと言も述べていない。それでもわたしは問う――ハイデガーはハンナを通して、あるいはほかの愛人を通して、なにを探求していたのか？　もしそれがあの瞬間でなかったというなら、意識そのものが、スリルに満ちた、ひたむきな強烈さへと凝縮して、失われる寸前までいく瞬間でなかったというなら、いったいなにを？

ハイデガーに対してわたしは公正であろうとしている。彼から学ぼうとしている。彼の使う難解なドイツ語を、その難解なドイツ的思想を把握しようとしているのだ。

ハイデガーは言う、動物（たとえばダニ）にとって世界は、一方では、一定の刺激（臭い、音）から、他方では、刺激ではないゆえに存在しないと言っていいすべてから構成されている。それゆえ、われわれは動物（ダニ）を隷属するものと見なすことができる――臭いや音そのものに隷属するのではなく、血への欲求に隷属するのであり、臭いや音はその接近を示す合図となる。

欲求への全面的な隷属が高度な動物にあてはまらないのは明々白々だ。高度な動物は、自分を取り巻く世界について好奇心をあらわにするが、その世界は彼らの欲求の対象をはるかに超えて広がっている。しかし、わたしはより高度とかより低度といった話は避けたい。わたしが理解したいのはこのハイデガーという男であって、彼に向かって、わたし自身の好奇心の網を、蜘蛛《くも》のようにふわりと広げる。

ハイデガーは言う——動物はその欲求への隷属ゆえに、この世界で行動《アクト》できず、世界に影響をおよぼすことができない。厳密に言うと、動物は動く《ビヘイヴ》ことができるだけであり、さらに言うなら、その感覚の範囲、とどく領域によって境界づけられる世界の内部で動けるだけである。動物は他者を、それ自体として、それ自体のうちに把握できない。動物にとって他者がありのままに、その姿をあらわにすることはない。

なぜ、ハイデガーを理解しようとしてわたしが（蜘蛛のように）心をくりだすたびに、あの情熱的な学生といっしょに彼がベッドにいる姿が見えるのだろう？　ヴュルテンベルクで、雨の降る木曜の午後に、あのたっぷりとしたドイツ製の羽布団の下で裸になっているふたりが？　性交は完了。彼らはならんで横たわり、彼女が耳を傾けるあいだ、彼は延々と動物について語りつづける——動物にとって世界は、刺激、大地の振動、かすかな汗の臭いのいずれかであって、その他は無であり、虚空であり、非在である。彼が語り、彼女は耳を澄まして彼を理解しようとする、その師である恋人への好意に満ち満ちて。

われわれに対してのみ、世界はありのままの姿をあらわす、と彼は言う。

彼女が彼のほうを向いて彼に触れる、するとふたたび、彼は血の奔流に急襲される。まだ彼女を貪り足りないのだ。彼女への欲求が抑えきれないのだ。

それで終わり。三ページにわたる母親のハイデガー論はここで唐突に終わる。彼は書類をくまなく探してみるが四ページ目は見あたらない。

衝動的に母親に電話する。「あなたのハイデガー論を読んだよ。面白いと思うけど、あれはなに？ フィクション？ 途中で放り出した作品？ あれをぼくにどうしろって言うの？」

「放り出した作品と呼んでかまわないということよ」と母親は答える。「真面目な話として始まったけれど、途中で変わってしまって。困ったことに、近ごろじゃ自分の書くものがたいていああなるの。ひとつのことから始まって、別のもので終わってしまう」

「お母さん、ぼくは作家じゃないからさ、よく分かってるでしょ、ハイデガーの専門家でもない。もしもあなたがハイデガーをめぐる物語をぼくに送って、どうしたらいいか意見を聞きたいというなら、悪いけど、ぼくの手には負えないな」

「でも、あそこになにか萌芽《ほうが》のようなものがあると思わない？ あの男は、ダニの世界経験は非常に貧しい、非常に貧しいよりもっと貧しいと考えながら、ダニには血の供給源がやってくるのを待ってひっきりなしに空気を嗅ぎまわる以外に世界を感知する能力がないと考えながら、そのくせ自分は、世界を感知する自分の能力が萎縮して無となり、官能的忘我の境地に没入するあのエクスタシーの瞬間を渇望する……？　そのアイロニーがあなたに分からない？」

「分かるよ、お母さん。アイロニーだってのは分かる。でもあなたが主張しようとする論点は陳腐じゃないかな？　あなたのために詳しく説明しようか。昆虫とちがって、われわれ人間には生まれつき分裂した性質がある。われわれには動物としての欲求があるけど、また分別もある。分別ある人生をわれわれは生きたいと思っている――ハイデガーは分別ある人生を生きたいと思い、ハンナ・アーレントは分別ある人生を生きたいと思っている――がしかし、そうできないときもある、われわれは自分の欲求に凌駕《りょうが》されることがあるからね。凌駕されて降伏し、それに身を任せる。そして欲求が満たされると、また分別ある生活へ戻る。それ以上、なにか言えることがある？」

「時と場合によりけりね、息子さん。私たち、ちゃんとした成人らしく話ができない？あなたとわたしで？　官能の生活がなにを意味するか、両者ともに分かっているように話ができない？」

「それでなんなの」

「問題の瞬間について考えてみて、本当に愛する人と、本当に欲しいと思う相手とふたりっきりになる瞬間について。頂点に登り詰める瞬間を考えて。その瞬間に分別とあなたが呼べるものがはたしてある？　そんなものは跡形もなく消し去られて、われわれはその瞬間、血を吸いあげてぱんぱんに膨らんだダニとたいして変わらないんじゃない？　それとも、その背後でまだちらちら燃えている分別の火花は消されることなく、時の経過にじっと耐えて、またもめらめらと燃えあがるときを待ちながら、愛する人の肉体からあなたが身を引き離して平静さを取り戻す瞬間を待ってるの？　だとしたら、この分別の火花それ自体は、肉体が遠くで浮かれ騒いでいるあいだ、どうしていたの？　じりじりしながらまたしゃしゃり出るときを待っていた？　それとも逆に、メランコリーに浸って、このまま息絶えて死んでしまいたいと思いながら、その方法が分からないでいた？　だって、ひとりの大人としてもうひとりの大人に語るなら、われわれが頂点に登り詰めるのを妨げるものとは、分別の、理性の、執拗《しつよう》に明滅をやめない、あのちらつきじゃないの？　われわれは動物としての性質に溶解したいと思っても、それができないのよ」

「だから？」

「だから、このマルティン・ハイデガーという男のことをわたしは考えるの。人間であることに、ein Mensch であることに誇りをもちたいと思い、いかにして自分のまわりの世界を作り出すかについて、つまり weltbildend について語り、どうすればわれわれが彼のようになれるか、世界形成的《ヴェルトビルデント》になれるかを語りながら、じつは、自分が本当に人間《アイン・メンシュ》でありたいと望んでいるのかとことん確信がもてず、より大きなパースペクティヴのなかで見ると、犬やノミとして存在の奔流《ほんりゅう》に身を任せるほうがいいのではないかと、気持ちが揺らぐ瞬間を経験する男のことを」

「存在の奔流か。ぼくは完全に置いていかれたな。なにそれ？　説明してよ」

「奔流よ。洪水。ハイデガーはその経験がどんなものか、存在の奔流という経験がどんなものかを暗示的につかんでいるのに、それに抵抗する。それどころか彼はその経験を、存在の非常に貧しい経験と呼ぶ。非常に貧しいと呼ぶのはそれが無価値だからよ。笑わせるわね！　彼は机に向かって書きに書く。Das Tier benimmt sich in einer Umgebung, aber nie in einer Welt（動物はひとつの環境内で行動《アクト》する――あるいは動く《ビヘイブ》――が、それは決して世界内ではない）。彼はペンを置く。ドアにノックの音がする。書いているあいだずっと五感を研ぎ澄ませて、聞き逃すまいと待っていたノックだ。ハンナだ！　愛する人！　彼はペンを放り出す。彼女が来た！　彼の望みのものが！」

「それで？」

「それで終わり。もうその先が書けなかった。あなたに送ったのは全部そんな感じのものよ。次のステップへ進めることができない。わたしの内部でなにかが欠けてしまっているの。以前は次のステップへ進むことができたのに、もうわたしにはその能力が残っていないみたい。歯車が動かなくなって、光が消えていく。次のステップへ進むために、以前なら頼りにできたメカニズムがもう働かないみたい。狼狽えないで。自然なことだから——自然がわたしに、もうおうちにお帰りと告げる方法よ。

それがいまひとつ、マルティン・ハイデガーに熟考する覚悟がなかった経験だわね。死ぬという経験、世界内に存在しないという経験。それはひとつの経験そのもの。もしもハイデガーがここにいたら、彼にそのことを教えてあげるのに——少なくともその初期の徴候がどんなふうかを」

4

一日後、彼は母親の日誌をまたあれこれ調べて、最後の書き込みに目を留める。日付は一九九五年七月一日だ。

昨日、ゲイリー・スタイナー[17]という男の講義を聴きに出かけた。彼はデカルトについて語り、動物をめぐるわれわれの思考方法にデカルトがおよぼす永続的な影響について語り、デカルトはわれわれのなかでもっとも見識の高い者であるとまで言った。（それで思い出すのは、人間には理性的魂があるが動物にはないとデカルトが言ったことだ。そのため、動物は痛みを感じることはできても、苦悩する能力はないということになった。デカルトによれば、痛みとは叫びや唸りなど自動反応を引き起こす不快な肉体的感覚である。しかし苦悩はそれとは異なる事柄《マター》で、さらに高度な次元、人間の次元のことである。）

講義は興味深いものだった。しかしそれからスタイナー教授はデカルトの解剖学的な実験について詳しく述べはじめたので、急にわたしはもう耐えられなくなった。彼はデカルトが生きた兎を使った実験について説明したのだ。おそらく兎は板に、紐《ひも》で留めるか、釘で打ちつけられて動けないようにされていたのだろう。デカルトは解剖用のメスで兎の胸を切り開き、肋骨《ろっこつ》を一本ずつ切って取り除き、拍動する心臓が見えるようにした。それから心臓そのものに少し切り込みを入れると、心臓が拍動を停止するまで一秒

17　一九五六年生まれの米国の倫理学者

か二秒、血液をポンプで押し出す弁膜のシステムを観察することができた。
わたしはスタイナー教授の話を聞いていたが、いつの間にか聞くのをやめていた。心がどこかへさまよい出てしまったのだ。すぐにその場でひざまずきたいと思ったけれど、そこは階段式講堂で座席と座席のあいだがひどく狭くて、膝をつく余裕はなかった。わたしは「すみません、ちょっと失礼」と隣席の人たちに言って、なんとか講堂から抜け出した。ロビーでやっと、誰もいなかったので、ひざまずいて許しを乞うことができた。みずからのために、ミスター・スタイナーのために、ルネ・デカルトのために、われら殺戮集団全員のために。耳のなかである歌ががんがん響いていた。古い予言だ。

飼主の家の門前で飢える犬は
その国の滅亡を予告する。
路上で酷使される馬は
天国へ人間の血を呼びよせる。
狩られる兎が絶叫するたびに
脳から一本の糸が引きちぎられる。
……

小さなミソサザイを傷つける男が
男たちから愛されることはない。
……
蛾も蝶も殺してはならぬ
最後の審判が近づいているゆえに。[18]

最後の審判！　いったいどんな慈悲をデカルトの兎は、三百七十八年前のその年に科学という大義に殉じ、その日から胸を切り開かれたまま神の手中にあるその兎は、われわれに示そうというのか？　いったいどんな慈悲を受ける資格がわれわれにあるというのか？

彼は、ジョンは、つまり一九九五年七月にひざまずいて許しを乞い、そののち彼がいま読んだばかりのことばを書いた女性の息子は、ペンを取り出す。そしてページ下の余白に「科学によって証明された、兎をめぐる事実。兎の首に喰らいついた狐が両顎を閉じるとき、

18　ウィリアム・ブレイクの詩「無垢なる卜占官《ぼくせん》」より

兎はショック状態に陥る。自然はそのように秩序づけたのであり、あるいは神と言いたければ、神はそのように秩序づけたのであり、そのため狐は兎の腹を噛みちぎってはらわたを食らうことができても兎はなにも感じることがないのだ、まったくなにも。痛みはない、苦悩もない」と書きつける。「兎をめぐる事実」に彼は下線を引く。

母親が日誌を返してほしいという気配はない。しかし運命の力は計り知れない。ひょっとしたら、ふたりのうち先に死ぬのは彼のほうかもしれない、通りを渡るとき車にはねられて。そのときは、**彼女のほうが**そのときばかりは、**彼の**考えを読まねばならなくなるのだ。

5

母親が送ってきた文書のなかでいちばん分厚いのが、マリアン・ドーキンス[19]の書いた『なぜ動物が重要《マター》か』という本をめぐるもので、書評というか、書評の草稿だ。「本のタイトルにある重要《マター》という語は紛らわしい」とある。

抽象的に重要《マター》なモノはない。抽象的には、われわれ全員が重要《マター》か誰もそうではないかのいずれかだ。ドーキンスが言おうとしているのは**なぜ動物が人間にとって重要《マター》か**なのだ。

これはドーキンスの仕事の典型的な一例である。彼女は動物の心について書いてはいるが、動物の問題が数ある問題のひとつとなる人間の心のために書いているのであって、それはもちろん生きるか死ぬかの重大問題《マター》ではない。**動物には厳密な意味の（本来の）心が、われわれのような心があるか？　その疑問にわれわれは科学的にどう答えるか？**と彼女は問う。

彼女の答えはこうだ——われわれはその疑問をまず科学的に提示することによって科学的に答える。その疑問を科学的に提示するために必要なのは、説明したい動き《ビヘイヴィア》を記録し、その後、その動き《ビヘイヴィア》の原因を説明するさまざまな仮説を、心という理性的枠組みのなかで検討することである。

わたしはドーキンスが判断をくだす動物の立場に自分を置いてみる。

あなたは、わたしには心があるかどうか、それともわたしはただの生物学的機械、つまり血と肉でできた機械にすぎないのか、それを知ろうと決意する。この目標に向かって、わたしを審判にかけようとするが、審判の形式はあなたによって規定されている。それは合理性、懐疑論、仮説検証などによって特徴づけられる科学的審判になるだろう。審

19　一九四五年生まれの英国の生物学者

判にかけられるこのわたしがそれに反証できないかぎり（実際にはわたしの代理として行動《アクト》するあなたが反証できないかぎり）、わたしには心がないと見なされるだろう。かりに、審判のあいだ、わたしが動く《ビヘイヴ》やり方のために（実際にはわたしが動く《ビヘイヴ》とあなたが考えるやり方のために）ふたつの選択可能な仮説を立てることができるとしたら、あなたは自分の科学的方法に従って、両者のうち簡単なほうを選ぶだろう。

わたしは問う——この生きるか死ぬかの重大問題《マター》で、これほどわたしに不利なものを積みあげておきながら、わたしには心があるとあなたを納得させるどんな希望がもてるというのか？

彼はそのドーキンス論文を脇に置く。もう遅いし、疲れているが、ひとつの書類に目が引き寄せられてしまう。そこには表題としてたった一語 DASTON と黒くて太い大文字でなぐり書きされている。

「わたしは動物愛護者ではない」彼は読んでいく。

動物はわたしの愛を必要としていないし、わたしも動物の愛を必要としていない。人間の愛がよく分からないだけで十分。人間の愛は愛する対象をどのように選ぶか？ さっぱり分からない。それはなぜ相反する感情に満ち満ちているのか？　まったくのお手あげだ。われわれに対して動物の感情はもっともっと閉ざされているはず！　わたしは愛なんかに興味はない、関心があるのは公平さについてだけ。

そうは言っても、わたしが常にある程度アクセスできる自信があったのは——なんと呼べばいいのだろう——動物の内的なものに対してなのだ。動物の思考に対してではなく、その感情に対してではなく、その内的状態の調子 Stimmung に対してだが、これは（「外的」状態に対立するものとしての）「内的」状態でさえないかもしれない。というのは動物においても、じつはわれわれ自身においても、霊魂《プシュケー》と肉体《ソーマ》が区別されることをわたしは疑っているからだ。それでも、自分には常に内面へアクセスするこの能力があると信じて疑わなかった。だからたまたま遭遇した動物たちに対して、あたかもその能力があるかのように行動《アクト》した。もちろん、その能力があるかのように書いた。

動物たち——なんとまあごった混ぜの用語！　バッタと狼に、人間ではないということをのぞけば、どんな共通点がある？　狼とバッタ、狼とわたし、どっちがより似ている？

前にも言ったように、わたしは狼やバッタやさまざまな動物たちの内的なものにアクセスできると信じていた。どうしてか？　シンパシーという能力ゆえであり、これはわたしの非科学的持論に照らすと、われわれに生まれついたものだからだ。この能力をもってわれわれは生まれてくる。これをわたしは、心の能力というより魂の能力と呼びたい。われわれはそれを培うことを選べるし、それを萎れるままにすることも選べる。

というわけで思想史家、ロレイン・ダストン[20]の出番となる。わたしが自分を疑うようになったのは、なんといってもダストンのおかげだ。われわれには他者の目を通して世界を見る能力が生まれながらに備わっている、と信じるわたしのような人間のまわりに、彼女は歴史的な枠組みをはめる。

手短に言えば、ダストンは次のように言う――われわれ人間には自分を自分自身から抽象的に切り離して、他者に共感しながらその心に自分を投影する能力がある、という信念は――ダストンが**パースペクティヴを変える**能力と呼ぶものは――先天的でも普遍的でもまったくなくて、それどころか西欧世界で十八世紀末に、当時は倫理学と呼ばれたもののなかで、西欧哲学の歴史において主観性が心の本質だと思われた瞬間に、初めて出現したものである。遠近法による様式には始めがあったのだから、それには終わりもあるだろう。

ダストンのこの主張に対してわたしはこう応答する――もちろん主観性は心の本質であり、心的経験の本質である。我思う《コギト》、ゆえに我あり《エルゴ・スム》、**わたし**が考えるゆえにわたしに意識があるのであって、抽象上の思考が存在するからではない。わたしは考える、そしてわたしの考えることはわたしだけのものであり、それを特徴づけるのはわたしであることであり、わたしの主観性であって、これは思考よりさらに深いところにある。これほど明らかなことがあるだろうか？

ここでダストンは観念的な移動をしてわたしを混乱させる。天使を登場させるのだ。われわれはかつて獣を自分たちより心的に劣るものと考えたように、神と天使を自分たちより優れた心をもつものと考えた、と彼女は言う。トマス・アクィナス[21]の天使論では、天使とはいかなる前提を組み合わせた結果を前にしても、一閃《いっせん》のうちにその全体をすべて把握できる直観的知性をもつ。それはまるで、天使の心に対して、数学がまるごとたったひとつの自明な啓示となるようやって見せているようなものだ。

そんな天使の心とわれわれ人間の知性を、論理の諸段階を苦労して進んだり、往々にして道を踏み迷ったりしながら、対比させてみるといい。どうして人間の劣った心が、たとえ共感能力という自慢の能力の助けを借りたとしても、天使の知性の内部に住みたい

20　一九五一年生まれの米国の科学史家
21　一二二五―七四年、イタリアのドミニコ会の神学者、哲学者

とか、天使のような透視力をもちたいなんて思えるのか？

天使は存在するのか？　誰が知る？　ダストンの主張は実際に存在するものに依拠しているわけではない。むかしむかしあるところにアクィナスのような人たちがいて、と彼女は言っているのだ。その人たちは自分と同類の心よりも異種の心を想像できる、それも、他者の存在様式にみずからを投影可能にする共感能力など前提とせずに。

ダストンがわたしに教えてくれるのは具体的にはどういうことか？　彼女が教えてくれるのは、わたしが共感する力を通して、仲間だと感じる力を通して、動物の心を理解できると一も二もなく思い込んでいるのは、たんにわたしが自分の生きる時代の産物であり、遠近法的パラダイムの支配期に生まれて、無知ゆえにそこから逃れられずにいることをみずから暴露しているということだ。気の引き締まるレッスンだわね、もしもあえてそれを認めるとしたら。

6

彼は最後まで読み切った。こっちは午前一時、あっちは午前六時。おそらく母親はまだ寝ているだろう。それでも、彼は電話をかける。

言うことは準備しておいた。「お母さん、書類の包みを送ってくれてありがとう。ほとんど全部読んだ。それでぼくになにをしてほしいのか分かったよ。あの種々雑多な書き物を叩きあげてきちんとした形にして、一定の整合性をもつようにしてほしいんでしょ。でもぼくにはそういう才能がないことはよく分かっている、あなたもぼくも。だから教えてくれないか、あれはいったい全体どういうことなの？　なにか怖くて、ぼくに言いそびれてることがある？　早朝だってことは分かってる、それはもうしわけないと思うけど、でも、本当のことを言ってくれないかな。なにかうまくいかないことがあるのかな？」

長い沈黙が流れる。母親がついに話し出すとき、その声は完璧によく通り、完璧に明晰だ。

「いいわ、教えてあげる。わたしは本来のわたしではないの、ジョン。なにかがわたしに起きている、わたしの心に。ものを忘れる。集中できない。かかりつけの医師のところへ行ったら、検査のために街へ行くよう言われた。精神科医に予約を入れたところよ。いまのうちに自分の人生を整理しておこうとしてるの、いざというときのために。

わたしの机の上の混乱状態は説明したら切りがないほど。あなたに送ったのは、そのほんの一部よ。もしもわたしになにか起きたら、掃除をしにきた女がなにもかも屑篭《くずかご》に投げ込むでしょ。ひょっとしたらそんな価値しかないのかもしれないけれど。でもわたしのような自惚れの強い人間のやり方で、それをなにか価値あるものにできるんじゃないかとこだわりつづけてるの。それであなたの質問への答えになってる?」

「どこが悪いと自分で思うの?」

「よく分からないのよ。さっきも言ったけど、もの忘れがひどい。自分で自分が分からなくなる。通りに出てるのに、なぜそこにいるのか、どうやってそこへ行ったか分からない。ときには自分が誰か分からなくなる。気味の悪い経験だわ。頭がおかしくなっていくような感じ。予期はしていたけど。脳が、物質だから、衰えて、心と脳の連絡がうまくいかないので、心もまた衰える。それがわたしに起きていること、早い話が。仕事ができない、より広々とした思考ができない。あの書類が手に負えないっていうなら、心配しないで、ちょっとどこか安全な場所にしまっておいて。

でも、こうしてあなたと話ができるうちに言わせて、昨夜の出来事なんだけど。テレビで工場式の畜産のことをやっていたの。ふだんならそんなものは観ないんだけど、でも今回はちょっとわけがあってスイッチを切らなかった。

番組は鶏の孵化《ふか》工場を取りあげていた――大量に鶏卵を受精させて、人工的に孵化させ、ひよこの性別を判定する。

手順はこうよ。生まれて二日目に自分の二本の足で立てるようになると、ひよこはベルトコンベアに乗せられる。するとベルトはゆっくりと作業員のところへ運ばれていく。作業員の仕事はね、ひよこの性器を調べること。もしもあなたがひよこで雌だと分かれば箱に移され、産卵プラントへ送られて、そこで卵を産む雌鶏《めんどり》としての一生を送る。もしも雄ならコンベアに乗せられたままよ。ベルトコンベアの最終地点であなたはシュートを転がり落ちる。シュートの底には一対の歯車があって、それがあなたを砕いてペーストにする。それから化学薬品で消毒されて、家畜用飼料か肥料になる。

カメラは、昨夜、一羽の小さなひよこがベルトコンベアに乗せられるところを追いかけていた。**そうか、これが人生か！**　とひよこが心のなかで思っているのがあなたにも分かったはず。**よく分からないけど、これまでのところはそれほど難しい試練じゃないや。**一対の手がひよこを持ちあげて、ふわふわの毛の生えた腿《もも》を開き、またベルトに戻す。**検査ばっかり！　ぼくはあの検査をパスしたみたいだ**、と心のなかでひよこは思った。ベルトはまわりつづけた。勇敢にも彼はそれに乗って、未来と、その未来が意味するすべてに立ち向かった。

このイメージを心から追い払えないのよ、ジョン。この美しい世界に生まれてきたあの何十億ものひよこたちがすべて、われわれの好意によって一日だけ生かされたあと、砕かれてペーストにされるなんて、間違った性だからって、ビジネスプランに合わないからって。なんだかもう、およそ自分がなにを信じているのか分からないの。頭のなかがぼんやりしてごちゃごちゃになって、これまで自分が信じていたことが乗っ取られてしまったみたい。それでも、わたしには最後の最後にしがみついている信念がある。昨夜スクリーンに、わたしの目の前にあらわれたあの小さなひよこ、あれがあらわれたことには理由があると。彼とほかの取るに足らない生き物たちの、彼らとわたしの、それぞれの死への道行きが交差したことには。

わたしが書くのは彼らのためよ。彼らの生命は本当に短かかった。あっけなく忘れられた。この宇宙で彼らのことをまだ覚えているのは、神をのぞけば、わたしだけ。わたしが居なくなったら、残るのはただの空白。それって、まるで彼らが存在しなかったみたいじゃない。だから彼らのことを書いた、あなたに読んでほしいと思って。ひよこの記憶を手渡したいと思ったから、あなたに。それだけよ」

二〇一六―二〇一七年

J・M・クッツェーの現在地

くぼたのぞみ

モラルの話を七つおとどけする。澄み切った厳冬の夜空にりんと輝く七つの星のような話だ。作り手はジョン・マクスウェル・クッツェー、一九四〇年にアフリカ大陸の南端ケープタウンでオランダ系入植者の末裔として生まれながら、英語を第一言語として育ち、英語で教育を受けて英語で書く作家だが、この短編連作『モラルの話』はまずスペイン語と日本語で読者に手渡されることになった。

ストーリーテリングの衣にくるまれたモラルの話はたいてい短く、さらさら読めて区切りもいいが、じつは奥が深い。読みすすむにつれて動物、欲望、ジェンダー、美、生命、加齢、死といった個別のテーマが鎖のように絡まり、響き合い、全体をつらぬく思想がじわりと浮かびあがる仕掛けになっている。語り手はいつもながら三人称で時制は現在、「書くということはすべて自伝」という姿勢も一貫している。

たとえば、最初の「犬」では「リビドーは種を超えるのか」という問いを低く響かせながら、若いころ放蕩のかぎりを尽くしたというアウグスティヌスの懺悔録がちらりと姿を見せる。この圧縮された話で、動物、暴力、欲望、男性器などの関係軸がテーブルクロスのように広げられるが、話は語り手の人間の女性が吐く捨て台詞でふっつり切れる。

次の「物語」は具体的には不倫の話だ。これもまた語り手は女性で、女と男の関係、美の原型、見るものと見られるもの、結婚制度などへの問いがじわじわと滲み出る。背景にはかすかに、ボードレールの「されど満たされぬまま」に描かれた典型的「悪女」の反転像が透かし見える。

第三話の「虚栄」では、視点が若さと美と眼差しの関係に移り、六十五歳の老作家エリザベス・コステロとその家族が登場。一九九〇年代にクッツェーのメタフィクション的作品に颯爽とあらわれたこの女性作家を中心に、親と子の関係をめぐる微妙な心理が物語の枝葉を鮮やかに繁らせる。ちなみにコステロはジョイスの『ユリシーズ』の主人公レオポルド・ブルームの妻マリオンを主人公にした『エクルズ通りの家』で有名になった、先駆的フェミニスト作家である。

七つの話のうち発表時期がいちばん早いのが次の「ひとりの女が歳をとると」で、初出が二〇〇三年「南アのJ・M・クッツェーがノーベル文学賞受賞」の報が流れた直後にニューヨーク・レビュー・オブ・ブックスに掲載された。ニースに集まった息子ジョンと娘ヘレンが老母エリザベスとかわす会話が「歳をとる」というテーマを中心にコミカルに、辛辣に展開される。親としての自分にも鋭い光をあてて、真実を明確なことばにしようとする作家コステロの面目躍如、となるとクッツェーのカウンター・エゴであるコステロの独壇場で、作家の脳内シアターで登場人物たちの台詞が熾烈に炸裂する。

後半へ進んで、動物の生命をめぐるモラルの問題が急展開する。「老女と猫たち」では、オーストラリアのメルボルンに住んでいたはずのコステロが、いつのまにやらスペインの片田舎で野良猫に餌をやっているのだ。(「スペインの家」がコステロの家になっている！)のっけから「猫に顔はない」と語る母親と、遠くボルチモアから飛んできた息子ジョンの噛み合わないやりとりが続き、コステロの老いが足元から忍び寄ってくる気配が強まる。「動物の生命」と「人間と動物の関係」という、クッツェーが現在もっとも深い関心を寄せるテーマが真正面から論じられるこの話では、老齢と福祉制度も俎上にのせられるが、コステロが「保護している」パブロの描写など、まだまだ苦い笑いがかもしだされる。この短編はクッツェーが七十歳になった二〇一〇年にアムステルダムで開かれたイベントで朗読され、翌一一年にジャイプール文学祭でも屋外の広い庭に集まった大勢の聴衆を前に朗読された。さらに一三年、ベルギーのアーチストがこの作品に想をえたインスタレーションをヴェネツィア・ビエンナーレに出展して話題を呼んだ。

老いの「本当の真実」をめぐる、短いが切迫した「嘘」をはさんで、最後の「ガラス張りの食肉処理場」では、コステロが過去に書いた雑文やメモが挟み込まれて、突如として若きハンナ・アーレントとその指導教官／愛人マルティン・ハイデガーが登場する。母親からどさりと送られてきた日誌やら書評の草稿を息子ジョンが読む、というクッツェーお得意の入れ子式の構成である。知的で、善良で、母親を愛しているため礼儀に反する態度は極力ひかえるものの、心のなかでは「畜生は皆殺しだ——野良猫、野良犬、世界はもうそんなものを必要としない」と叫ぶ現代人のジョンは、どのような根拠で人間は動物とみずからを歴史的に区別してきたか、という問いをその文章から突きつけられる。読み終えた息子が母親に異変が起きていないかと電話すると、日誌ではデカルトが生きたままの兎を解剖したことやハイデガーの世界形成理論をダニに絡めて舌鋒鋭く批判していた母親が、危機感あふれるようすで昨夜テレビで見た「ひよこ」のことを吐露する。ここにいたってクッツェーの文章は骨までしみる透徹さを見せて読者を足元から揺さぶるのだ。それが文学の仕事だといわんばかりに。

二〇一七年九月、ブエノスアイレスのラテンアメリカ美術館（ＭＡＬＢＡ）で「ガラス張りの食肉処理場」を朗読したあと、クッツェーはアナ・カズミ・スタールとの対話で短編集『モラルの話』についてじつに率直に語っている。クッツェーが自作について語るのはめずらしく、「どうしてこんな教訓的なフィクションにしたのか？」と問われた作家は、苦笑しながらこう答える――自分は、フィクションは現実世界を表象するものだと考える。死が間近に迫ったコステロにはふたつの危機感があり、ひとつは倫理的な危機感、つまり、いま動物が強いられている生の状況のなかで自分はどうふるまい、どう生きればいいのか。もうひとつは心理的な危機感、自分ははたして正しいのか、動物をめぐるおぞましい出来事への恐怖は世界のなかでごく少数の人たちだけが感じているものなのか、自分はパラノイア的な幻影に支配されているのではないのか。

この対話でクッツェーは、すでに『エリザベス・コステロ、八つのレッスン』という本を出していて、コステロとその家族には長い歴史があるのだとも述べた。日本語訳『エリザベス・コステロ』には原書の八つのレッスンのうち六つしか含まれていないが、残り二つのレッスンはプリンストン大学での講演録として『動物のいのち』にも収録されているので、併読をお勧めする。ちなみにクッツェーはこの短編「ガラス張りの食肉処理場」の「5」をブエノスアイレスでは省いて朗読し、対話でスターンにその理由をきかれて、あれは人間が動物にエンパシーをもつようになった歴史をめぐる哲学的な抽象論なので、と答えているが、この種の議論に馴染みのない人は、初回は飛ばして読んでもいいかもしれない。『モラルの話』はくりかえし読まれることで、理解や味わいが深まるエチュードのようなテクストだからだ。だが、それでいてすでにここには古典と呼べる内容の濃さ、深さがある。現代に生きる私たちをときに挑発し、ときに不安にさせながら覚醒させ、反倫理的なものに誘惑されて判断力が鈍るのを防ぐために、どのような思想が可能かというシナリオを示してくれるのだ。老いや病気、障害者や死を見えないところへ押し込めてきた、近代の西欧的合理主義のもつ価値観そのものに大きな疑問符をつけてもいる。作家七十八歳にして刊行される本書には、クッツェーがこれまで書いてきた作品の総決算ともいえる思想がぎゅっと凝縮、結晶化されているのだ。それも骨太の確かさで。その理由を考えてみよう。

つい最近、公表された興味深い写真がある。十六歳の少年ジョンがカレッジ時代に撮影した写真だ。少年時代のクッツェーは写真家になりたかった。アンリ・カルティエ・ブレッソンにあこがれて、学校では写真クラブに属してスパイカメラで授業のようすや教師である修道僧の姿を隠し撮りした。父方の農場で働く人たちも撮った。自分の家に暗室を設けて現像までやった。（『ダスクランズ』から『遅い男』まで、クッツェー作品には必ずといっていいほど「写真」が出てくる理由がこれで分かる。）二〇一四年にケープタウンのフラットを処分する際に、物置から出てきた大量のネガと写真と暗室用機材が、ウェスタンケープ大学のクッツェー研究者ハーマン・

ウィッテンバーグに引き渡された。その写真やネガが分類され、焼き付けられ、クッツェー自身のキャプションとともに公開されたのだ。

写真は費用がかかりすぎる、と写真家になることを断念したクッツェーは、大学では文学と数学を学んだが、十六歳のジョンが撮影した自分の二段式本棚のモノクロ写真が瞠目すべき事実を伝えている。そこには、プラトン、アウグスティヌス、ホッブズ、スピノザ、ルソー、ロック、カント、デカルトの哲学書が、読破すべき書籍としてずらりとならんでいるのだ。ところが、ドストエフスキーの『罪と罰』やトルストイの『戦争と平和』はあっても、英文学の小説は皆無、シェイクスピアの名さえなく、T・S・エリオット、ワーズワース、テニスン、キーツといった詩人の選集がならんでいるばかり。これは二十一歳で渡英して、詩人になることをめざした『青年時代』を確かに裏付けるもので、数々の思想書はクッツェーが非常に早い時期から哲学に馴染んでいたことを伝えている。カレッジ時代にもっとも得意だった言語は、英語とアフリカーンス語をのぞくとラテン語と述べる彼の思想の根幹には、ギリシア・ローマ古典が染みついていることも見逃せない。

クッツェーのそんな自己形成期の読書体験からくる感覚と思考のしずくが、『モラルの話』を読むと、研ぎ澄まされた端正な文章のすきまからこぼれおちてくるのが感じられる。クッツェーのスタートは詩と哲学にあったのだろう。『サマータイム』の「日付のない断章」が暗示するように、散文を書くことは、翌日も生きていく確信をえるための方法だったのかもしれない。

現在考えていることを表現するにはフィクションという器では不十分になった、と語る作家の姿からは、文学と哲学の境界を無化したいという願望さえ滲み出てくる。あくまで平易な文章で人間をめぐる基本要素をフィクション化しながら、滋味ゆたかな思考の奥まりを読ませてしまう力量は、まことにクッツェーならではといえるだろう。

この『モラルの話』の出版のプロセスがまた込み入っている。先述したように、オリジナルの英語版より先にスペイン語版が、さらに日本語版が出版されることになった。「ことになった」とまるで自然現象のように書いたが、そこにはもちろん作家自身の強い意志が働いている。まずスペイン語版が刊行されると発表されたのは二〇一七年九月、ブエノスアイレスのMALBAでクッツェーが「ガラス張りの食肉処理場」を朗読したときだ。過去三年間、六回にわたってサンマルティン大学で開かれてきた「南の文学」の最終回だった。だが、この短編はその半年前のボゴタの文学祭でも朗読されている。初めての朗読は二〇一六年、マドリッドでのことらしい。

二〇一八年一月にカリブ海沿岸の城塞都市カルタヘナで開かれた文学祭で、クッツェーは本書の第一話「犬」を、MALBAの出版部門「アリアドネの糸」の編集者ソレダード・コンスタンティーニと、英語とスペイン語で交互に朗読した。そのときの発言が、この本がまず英語以外の言語で出版されることになった理由を雄弁に物語っている。クッツェーはそのときこんなふうに述べた。

わたしは英語が世界を乗っ取っていくやり方が好きではない。英語が進む道の途中でマイナーな言語を押しつぶすやり方が好きではない。英語がもっとも普遍的であるかのようなふりをすること、つまり、世界とは英語という言語の鏡に映るものであると疑いもしない考えが好きではない。英語をめぐるこの状況がネイティヴ・スピーカーのなかに生み出す傲慢さが好きではない。というわけで、英語という言語のへゲモニーに抵抗するために、どれほどささやかでも、わたしは自分にできることをやります。

これは「born translated（翻訳されて生まれてきた）」の先を行く思想かもしれない。英語中心主義を英語によって批判しながら、軸を中央から辺境へ移し、その辺境を明確に可視化させる試みともいえるだろう。翻訳されて生まれてきた作品であるなら、いっそ他言語への翻訳テクストを先に世に出してしまおうというわけだ。それはまた、一作ごとにまだ誰もやっていない試みをする、とみずからに課してきたクッツェーならではの、「多言語世界」への貢献でもあるだろう。

昨年十月、秋もしだいに深まり、九月に出た新訳『ダスクランズ』を送ってしばらくしたころ、訳者のもとにPDFファイルがひらりと送られてきた。タイトルに *Moral Tales* とある、つまり本作のファイルだ。「ひらり」というのが、受け取ったときの実感だった。開けてみると「ひとりの女が歳をとると」など、ずいぶんむかしに読んだ作品もあるが、新作がいくつもある。どきどきしながら読んでいるところへ、南米とヨーロッパ諸国への旅を終えたクッツェーから「長旅からアデレードへ帰ると日本語の新訳『ダスクランズ』が待っていてくれた」というメールが舞い込んだ。こちらから、*Moral Tales* のオリジナルはいつ出版されるのか、と問いかけるメールに、即座に「まだ英語の出版社にはオファーしていない、その理由についてはこれ以上ここでは語るつもりはないが」という返事がきた。その理由が三カ月後の、カルタヘナでの英語をめぐる先の発言で明らかになった。

それで思い出すのは、ポール・オースターとの往復書簡集『ヒア・アンド・ナウ』のなかでクッツェーが、ニューヨークを訪れた感想をきかれて、なぜかポールにはとどかなかった手紙にこう書いていたことだ。


何度も何度も、ほかのイメージを押しのけて、これといった特徴のない服を着て古いポンコツ自転車をこぎながらマンハッタンの通りを、平然と、交通の流れに逆らい、逆方向に走っていく若者の記憶が甦ってくる。(八十七ページ)

この心象風景はクッツェーという作家の立ち位置をシンボリックにあらわしていないだろうか。メイン・ストリームに迎合せずに、懐疑を手がかりにどこまでも真実を追求する「田舎者《プロヴィンシャル》」であろうとする姿勢だ。

ここで少し個人的な感想を書き加えておきたい。

「嘘」の勢いにまかせて息子ジョンが書き連ねるノーマへの手紙は、ドストエフスキーの『カラマーゾフの兄弟』の文体を連想させるがどうだろう。『厄年日記』の「第二の日記」最後の部分で、八十歳の主人公フアンが再読して涙を流す「プロとコントラ」の章である。

それにしても「嘘」のなかの手紙をジョンは、はたして妻ノーマに出したのだろうか。最初の一通は出したかもしれない。だが次の手紙はどうか？ 『鉄の時代』でケープタウンに住むミセス・カレンがアメリカの娘にあてて、遺書としてひたすら書き綴った手紙のように、出したか出さないかどうもはっきりしないように思えるのだ。そこではたと考える——作家クッツェーが手紙をとどけたいのは、あくまで読者の「あなた」ではないのかと。

さらに注目したいのは、「ひとりの女が歳をとると」のなかで娘ヘレンが母エリザベス・コステロに面と向かってこんなふうにいう箇所があることだ。コステロの作品には美しさがあるだけではなく、それはほかの人たちの人生を変えてきた、とヘレンはいう。その理由は、彼女の書くものがレッスンを含んでいるからではなく、レッスンそのものだから。これは、作家クッツェーが自分の書くものをどう見ているか、そこになにを込めてきたかを客観的に暗示する腹話術的な分析といっていいだろう。作品を読む行為を通して読者が気づき、学び、新たな視点を獲得する。そうあってほしいと思いながら、クッツェーは作品を書いてきたということではないか。

この本には、人間が老いることを冷徹な視線で観察し、事実を事実として、美化や粉飾をせずにどこまでも明晰な言語で表現しようとする作家がいる。これは死について考えるためのレッスンでもあるのだ。人間が死すべき運命にあることは、初作からクッツェーのどの作品にも出てくるテーマである。七つの話はすべて（各作品の末尾に書かれた年代が示すように）作家が六十歳を過ぎてから書かれたものだが、最後の話でコステロに、死について「いまひとつマルティン・ハイデガーに熟考する覚悟がなかった経験だわね」とか、「もしもハイデガーがここにいたら、彼にそのことを教えてあげるのに」と語らせて、読者を最後までアイロニカルでダークな笑いに誘うクッツェーの手さばきはみごとというほかない。
こんなふうに、この短編集『モラルの話』には作家クッツェーの思想の核となるものが圧縮されて、いぶし銀のような光を放っている。無駄をそぎ落とした文章にさらに磨きがかかって、厳しいながら、透明感のある美しい物語が生み出されてもいる。エラスムスのような十六世紀のユマニストは、旅ばかりする「吹きさらし人間」と言われたそうだが、世界中を朗読して歩くクッツェーもまた、言ってみれば二十一世紀の吹きさらし人間だ。そんな作家がこれまで書いてきた作品群から「いま」伝えておきたい重要項目を選び抜いた宝石箱のような本、それがこの『モラルの話』なのだ。オリジナルの英語版に先がけて、東アジアのマイナーな一言語で出ることになった意味に思いをはせながら、多くの読者とこのテクストを分かちあえたら嬉しい。

昨秋から今年五月の刊行まで、凝縮された時間がすぎた。それは、日本語訳をまず船出させるという大役を担う密度の高い、至福に満ちた時間でもあった。いくつかの疑問に即座に答えてくれた著者J・M・クッツェー氏に深く感謝する。はからずも、デビュー作『ダスクランズ』の新訳を追いかけるように最新作を、四十数年の歳月をひとっ飛びして翻訳することになったが、今回もまた迅速かつ確かな仕事ぶりで人文書院の赤瀬智彦さんが伴走してくれた。校閲の方々にも大変お世話になった。どうもありがとうございました。

二〇一八年三月

Slow Man, 2005.『遅い男』（鴻巣友季子訳、早川書房、2011）
Diary of a Bad Year, 2007.
Summertime: Scenes from Provincial Life III, 2009.『サマータイム、青年時代、少年時代——辺境からの三つの〈自伝〉』（くぼたのぞみ訳、インスクリプト、2014）所収。
Scenes from Provincial Life, 2011.『サマータイム、青年時代、少年時代——辺境からの三つの〈自伝〉』（くぼたのぞみ訳、インスクリプト、2014）
The Childhood of Jesus, 2013.『イエスの幼子時代』（鴻巣友季子訳、早川書房、2016）
Three Stories, 2014.（くぼたのぞみ訳で、「スペインの家」は雑誌「すばる」2016.10に、「ニートフェルローレン」は「神奈川大学評論」2013.11に翻訳掲載）
The Schooldays of Jesus, 2016.
Moral Tales, 2018.『モラルの話』（本書）英語版は未刊。

評論・講演・書簡集など

White Writings: On the Culture of Letters in South Africa, 1988.
Doubling the Point: Essays and Interviews, 1992.
Giving Offense: Essays on Censorship, 1996.
The Lives of Animals, 1999.『動物のいのち』（森祐希子・尾関周二訳、大月書店、2003）
Stranger Shores: Literary Essays, 1986-1999, 2001.
The Nobel Lecture in Literature, 2003, 2003.
Inner Workings: Literary Essays, 2000-2005, 2007.
Here & Now, letters 2008-2011, 2013.『ヒア・アンド・ナウ——ポール・オースターとの往復書簡集』（くぼたのぞみ・山崎暁子訳、岩波書店、2014）
The Good Story, Exchanges on Truth, Fiction and Psychotherapy, 2014.
『世界文学論集』（田尻芳樹訳、みすず書房、2015）
Late Essays, 2006-2017, 2017.

J・M・クッツェー全作品リスト

小説・自伝的作品

Dusklands, 1974.『ダスクランド』（赤岩隆訳、スリーエーネットワーク、1994）、『ダスクランズ』（くぼたのぞみ訳、人文書院、2017）

In the Heart of the Country, 1977.『石の女』（村田靖子訳、スリーエーネットワーク、1997）

Waiting for the Barbarians, 1980.『夷狄を待ちながら』（土岐恒二訳、集英社ギャラリー世界の文学20、1991／集英社文庫、2003）

Life & Times of Michael K, 1983.『マイケル・K』（くぼたのぞみ訳、筑摩書房、1989／ちくま文庫、2006／岩波文庫、2015）

Foe, 1986.『敵あるいはフォー』（本橋哲也訳、白水社、1992）

Age of Iron, 1990.『鉄の時代』（くぼたのぞみ訳、池澤夏樹個人編集 世界文学全集第I期-11、河出書房新社、2008）

The Master of Petersburg, 1994.『ペテルブルグの文豪』（本橋たまき訳、平凡社、1997）

Boyhood: Scenes from Provincial Life I, 1997.『少年時代』（くぼたのぞみ訳、みすず書房、1999）、『サマータイム、青年時代、少年時代 —— 辺境からの三つの〈自伝〉』（くぼたのぞみ訳、インスクリプト、2014）所収。

Disgrace, 1999.『恥辱』（鴻巣友季子訳、早川書房、2000、ハヤカワepi文庫、2007）

Youth: Scenes from Provincial Life II, 2002.『サマータイム、青年時代、少年時代 —— 辺境からの三つの〈自伝〉』（くぼたのぞみ訳、インスクリプト、2014）所収。

Elizabeth Costello, 2003.『エリザベス・コステロ』（鴻巣友季子訳、早川書房、2005）

［著者紹介］

J・M・クッツェー

一九四〇年、ケープタウン生まれ。一六歳のとき写真家をこころざすが断念。ケープタウン大学で文学と数学の学位を取得して渡英。コンピュータ会社で働きながら詩人をめざす。六五年に奨学金を得てテキサス大学オースティン校へ、サミュエル・ベケットの文体研究で博士号取得。六八年からニューヨーク州立大学で教壇に立つが、永住ヴィザがおりず、七一年に南アフリカに帰国。以後ケープタウン大学を拠点に米国の大学でも教えながら執筆。初小説の『ダスクランズ』を皮切りに、南アフリカや、ヨーロッパと植民地の歴史を遡及する、意表をつく、寓意性に富んだ作品を次々と発表して南アのCNA賞、フランスのフェミナ賞ほか、世界的な文学賞を数多く受賞。八三年の『マイケル・K』と九九年の『恥辱』では英国のブッカー賞を史上初のダブル受賞。〇三年にノーベル文学賞を受賞。大都会には住めないと、〇二年から南オーストラリアのアデレード郊外に住む。

［訳者紹介］

くぼたのぞみ

一九五〇年、北海道生まれ。翻訳家、詩人。著書に『鏡のなかのボードレール』『記憶のゆきを踏んで』等。訳書に、J・M・クッツェー『ダスクランズ』『マイケル・K』『鉄の時代』『サマータイム、青年時代、少年時代 ― 辺境からの三つの〈自伝〉』、チママンダ・ンゴズィ・アディーチェ『男も女もみんなフェミニストでなきゃ』『アメリカーナ』『半分のぼった黄色い太陽』『アメリカにいる、きみ』『明日は遠すぎて』、マリーズ・コンデ『心は泣いたり笑ったり』、サンドラ・シスネロス『マンゴー通り、ときどきさよなら』、ゾーイ・ウィカム『デイヴィッドの物語』等多数。共訳にポール・オースター／J・M・クッツェー『ヒア・アンド・ナウ 往復書簡2008-2011』等。翻訳紹介にあたっては作品、作者のコンテキストを重要視する。

二〇一八年五月二〇日　初版第一刷印刷
二〇一八年九月二〇日　初版第二刷発行

モラルの話

著　者――J・M・クッツェー
訳　者――くぼたのぞみ
発行者――渡辺博史
発行所――人文書院
〒六一二-八四四七
京都市伏見区竹田西内畑町九
電話　〇七五（六〇三）一三四四
振替　〇一〇〇〇-八-一一〇三
装　幀――藤田知子
印　刷――創栄図書印刷株式会社

ISBN978-4-409-13040-7　C0097